Ludwig Weibel
Parakletisches Geflüster
Reine Seinskraft im Unendlichen

Books on Demand

Bibliographische Information der Deutschen Nationalbibliothek
Die Deutsche Nationalbibliothek verzeichnet diese Publikation in der deutschen Nationalbibliographie, detaillierte bibliographische Daten sind im Internet über http://dnb.dnb.de abrufbar.

© 2016 Autor: Ludwig Weibel
Herstellung und Verlag:
BoD – Books on Demand, Norderstedt
ISBN 9783739245416

Ludwig Weibel

Parakletisches Geflüster

Inhalt

All der Gegenwart

1.1

Ich nenne Mich: Der Erstgeborene vor allen Zeiten, der Sakrosankte in des Weltenstroms Begehren und der liebelächelnde Empfänger alles Heilen in des Seinsvollendens Weben. Meine Botschaft hat kein Ende, weil sie nie begann im Bogen der Unendlichkeit und im unendlichen Zerfliessen. Sinnentleert war Ich schon immer im Gewahren Meiner reinen Seinskraft sonder Tatendrang und freigesetzem Wüten. Keines Willens Wall erhebt sich in der Weichheit Meiner losgelösten Züge; keine Disposition beschwert Mein Wonnesein in aberfeiner Harmonie und seinsbewusstem Schweigen. Ewig kummerlos im Lichte des Mich-selbst-Begreifens preise Ich den Zustand der Allherrlichkeit, in dem Ich wese, den Geschmack der Lauterkeit, der Mein Befinden im Kontinuum bewahrt des Einsseins mit Mir selbst und mit dem All der Gegenwart, die Ich begründe. Das Los der Freiheit hab Ich Mir gezogen, die Wasser der Erhabenheit Mir zugelenkt, um Mich an ihrem Rauschen zu ergötzen und Gewinn aus Meiner Makellosigkeit zu ziehn. In seliger Minne Bin Ich in Mir selber aufgehoben, in Treu und Glauben Meinem Schauen zugetan, das Mich besänftigt, eh Ich Mich erhoben, und das die Fülle der Unsterblichkeit für sich gewann.

1.2

Ob du denn hier Bist, ob im Weltenall, du wirst Mich immer, immer finden als das Eine, das sich selber zärtlich ist in dir, das sich an dich verschenkt in unaussprechlichem Behüten und Vergüten deiner Wesenswirklichkeit im Seinsumfangen. Lass dir alle Zeit, das Wunderbare zu begreifen, dass Ich dich liebe und dich wie mit der Sonne Strahl ins ewige Beglücken tauche; dass Ich dir gestatte, deine Seele ganz in Mich zu schmiegen, um in Mir voll Wonne, Seligkeit und Seinsgeborgenheit zu ruhn. O du, Gefährtin Meiner Absicht, alles Irdische wie eine Mutter mit Unendlichkeit zu nähren, du Treue Meines Wünschens, allen Wesen Sanftmut, Sicherheit und Sorgenlosigkeit des Daseins zu gewähren, komm und gib dich Meinem Werben ganz dahin mit liebevoll bereiten Armen, mit der Traulichkeit des Herzens, das sich mit der Vielfalt Meiner Welt versöhnt und noch im Geringsten Meines Atems Wärme spürt und Meines Soseins wundertätiges Vergeben.

Erlausche dir die feine Stimme, die dich unaufhörlich um Erbarmen bittet an dem Einen, das du Bist und das du Bist im Hauch der Zärtlichkeit, mit dem Ich dich belebe, mit dem Ich deine Innigkeit in Mich verliebe, dass du deine Tugend dir bewahrst um Meinetwillen und der Reinheit Blüte dir erwächst, um dich zu schmücken für den ewigen Bräutigam, der dir entgegenflutet in der Morgenröte jeden Tages, der sich vor der Schönheit deines Inneseins verneigt und dich in Milde und Gelassenheit umfängt, der Seligkeit und Süsse des Vereintseins unrettbar verfallen.

Ich tausche mit dir, was du nie gekannt hast an Beseligung und Wohlgefallen und verströme Meines Seins Essenz wie Düfte wonnevoller Gärten in dein innerstes Gemach, wo du sie hüten sollst als Kleinod der Unendlichkeit und Zierde deines Selbstgewahrens.

Hüte dich und Mich im selben Zug des In-die-Sterne-Greifens im Allhier und sei, ins Unermessliche erhoben, Meines Thronens Königin.

1.3

Wer singt das Lied der Freude besser als dein Herz, wenn es nach lebelangem Suchen Mich gefunden hat

8

zu ewigem Genügen. «Ich Bin» Mir selbst Gewähr für alles, was Mein Wesen darstellt als gesehn und ungesehn, als Freigeist, Hoffende und zärtliche Verliebte in des Himmels Duft und Strahlen", darfst du dir im Exquisiten frei heraus gestehn.

Ich labe Mich am Brunnen der Gottseligkeit, Bin jeder Grazie des Seinsnatürlichen Gespan und darf Mich in Bewusstheit, Heiterkeit und Wonne – Seinserlöste nennen für-ewig und für alle Fülle der Allherrlichkeit, die Mir zu eigen.

Ich geb Mich hin, um Mir zu dienen, wandre durch die Gassen Meines Lebens wie im Taumel der Verliebten, weil der Herzensruf «Ich Bin» Mich schwächt und festigt, aufregt und besänftigt, Mich vor Mir selbst geständig macht und überschwänglich, voll des Lächelns und von Zartheit der Gedanken ein Idol.

Wie getrieben Bin Ich, alle Welt mit Liebe, Lieblichkeit und Grazie zu umfangen, dem Geschwistertum mit allem freien Lauf zu lassen und in der Schönheit des Sich-frei-Begegnens eine Zierde des Lebendigen zu sehn. Mich baden in den Wundern der Gelegenheiten gut zu sein, will Ich und will genügsam sein im Fordern, weil Ich alles schon in Mir in seinserlesner Fülle angesammelt habe. Was Ich Trost und Tröstung nenne, ist in Mir geschehn; was Freundlichkeit und Milde Mir bedeuten, lässt sich lesen an der Augensterne Strahl.

Gewogensein und sanftes Wogen der Gefühle überhöhn Mein Dasein in die Himmelweite des holdseligen Weilens in Mir selbst und damit auch in allem, was Ich Bin und liebevoll in Meinem Seien unterweise.

Was Ich höre, hörst du mit, und was Ich herzlich dir gewähre, flicht die Bande des Begreifens in der Weise, wie die Sonne alles flicht in ihrer Strahlen unnennbare Zahl. Du Bist in Mir und Ich in dir ein einiges Umfangen und Begüten und Behüten in der

Weisheit wonnevollen Aus-Mir-selber-Gehns. Dein Dich-Versammeln Bin Ich in dir selbst, als ganz von Mir gegeben und genommen, als erwartet und erhört, als eingefangen und beseligt in der Stille stillen Lauschens und Gewährens, hellen Inneseins und sanften DichVermählens mit dem Wesen Meiner Gottnatur. Du wirst und wirst auf ewig an Mir hangen und im Seinsverlangen nimmer stille stehn. Der Sternenhimmel wird dich licht umkleiden, der Bogen Meiner Würde wird in siebenfältiger Feinheit über deinem Haupte stehn und dich befrieden, seelenvoll und seliglich im Jetzt und Amen der Geschichte Meines Jauchzens.

1.4

Mir selber unterlegen Bin Ich in der Liebe liebevollem Mit-Mir-Streiten. 0 wie gerne geh Ich Mich Mir selber hin im Unverstand des Herzens, wenn es ruft und klopft, dem andern Unbekannt—Bekannten unentwegt entgegen. Wie erfülle Ich ein Tal voll Sehnsucht mit der Flut des lächelnden Vereintseins, mit der Glut des märchenhaften Sich-Begreifens. Wo Ich komme, kommen Mir die Arme der ins Sein Verliebten anmutsvoll entgegen, wo Ich Mich verberge, ist kein Ende des erregten Suchens abzusehn. So weis Ich jegliches Bedenken - Meiner Aussicht auf Erfüllung eines überwältigenden Wunders zu, ob dessen Grazie Mich des Entzückens Stoss durchbebt und dessen Lieblichkeit die Kräfte Meiner Glieder lähmt, dem unwahrscheinlichsten Beglücken liebelicht entgegen.
Tau zu Tau und Taumel des Vermählens lassen Mich die Daseinsnacht als übersät mit Sternen sehn und alles Leben als ein funkelndes Geschmeide von beseelter Wonne und bezaubernder Verheissung von noch mehr und mehr und mehr. Ich staune staunend Meiner liebestollen Brüste Wogen an und sinke in

Verzückung in Mein eigenes Gelass des Eins-und-Einigseins im absoluten Guten.

Hier Bin Ich Meisterlich im Inszenieren höchster Kunst des linden Miteinander-ins-Elysium-Gehns; hier schaffe Ich das Wunder des Mich-selbst-Vermehrens über allen Widerstand hinweg und schaffe Mir das himmelblaue Leuchten ungezählter Kinderaugensterne, die von Liebe, Treue und Vertrauen was verstehn. Dem Mütterlichen schenke Ich, was ihm von Anfang zugehört und was Mich meint im nährenden Umfangen und Verwöhnen und Beschenken und behütenden Verstehn. Ein' jede Gabe an das Unbeholfene ist ein Mir-selber-Weiterhelfen auf dem Weg ins vielersehnte Seinsgefühl, an dem Ich Mich in jeder Kreatur aufs innigste erlabe. Es ist ein Gang zur Einheit alles Werdenden im Lichtglanz Meines philanthropischen Belebens und im allverbindenden Erleben Meiner Zartheit in der Herzen Wehn.

Du reine Seele, halte dich im Sinnen nach dir selbst, und halte Einkehr in der Gastlichkeit der Sphären, als von Mir erfunden und verwaltet und ins Liebelichte hochgezogen.

1.5

Meinen Eifer stell Ich ins Begründen und Begrünen dessen, was die Liebe will und sein soll in den Gottesmemoiren seit Urzeiten und im menschengöttlichen Gewinnen und Verlieren, Wallen und Verebben, Kränken und Verzeihn. Wie das dunstverhängte Sonnenangesicht dem Meer entsteigt im Morgenschweigen, glutrot, hell und heller werdend, bis zur gleissenden Wahrhaftigkeit des Nicht-mehr-Anschaubaren, so steigt Mir die Liebe ins Gewissen, von der Glut der Leidenschaft bedrängt, bis zum geläuterten und alles überstrahlenden Umfangen allen Seins in Meiner reinen Güte, Wärme und

Gelassenheit in seligmachendem Vergeben.
Wundertätiges Mich-an-die-Welt-Verschenken liegt
Mir ebenso, wie das unendlich linde Lächeln
makelloser Zärtlichkeit, mit der Ich Erd und
Himmel, Sein und Nichtsein, Gut und Bös,
Bescheidenheit und Schroffheit und auch dich in
namenloser Sanftmut, Fülle und Verlorenheit
begabe, dass du Meiner Wonne dich erlabest und in
Meinem Lichte selig seiest immerdar.
Tränen reinen Glückes sollen deine Wangen
überfliessen, wenn du solcher Ahnung dich erfreust
und du dich, wie von eines Engels Schwinge
angerührt, dem Zauber des Erlöstseins hingibst in die
lautersten, erhabensten und weihevollsten Sphären.
Ganz in Mich versunken, gibt sich deine Seele
Meiner Inbrunst hin und träumt sich durch die Tag
und Nächt überirdischen Verliebtseins mehr und
mehr.
Du schweigst, derweil Ich deiner Lippen weiche,
selige Verständigkeit im Kuss der Andacht, süss und
lieb, berühre und dein Wesen, in Mein Sein
geschmiegt, das Lied der Traulichkeit versingt in
liebevollem Sich-an-Mich-Verströmen.
Stille, Herzenssanftmut, Heiterkeit des Weilens in
vollendeter Gelöstheit sind dein Los in Meiner
Grazie des Allbeglückens und Behütens der
Geschöpfe und Gefährten Meiner Seinsmagie.
Erstand Ich wie der Sonnenjüngling in des Morgens
glitzerndem Gebet, so muss Ich im Geheimnis
Meiner selbst am Abend der Verzückung, schweigend und Mir selber überlassen, wieder untergehn.

1.6
Gesteh Ichs doch, dass Ich Mich in den Armen
weiser, gläubiger und liebevoller als in vielen
Reichbegabten seh. Was Ich an ihrem Leiblichen
entbehre, kommt Mir in der vollen Blüte inniger

Gefühle als ein Reichtum überirdischen Begreifens warm und sehnsuchtsvoll entgegen und überschwebt den Totenacker, wo so viele Kaltgewordene darniederliegen. Hast du Seinsvertrauen, zünd Ich dir die Lichter an, in eine Welt der Dumpfheit und Verstiegenheit hineinzuleuchten. Hütest du den Herzensfrieden, schenk Ich dir die Liebe noch dazu, um alles, alles zu verstehn. Denn allzuoft will Ich Mir selbst gehorsam sein - und kann es nicht vollbringen; immer wieder mangle Ich der Demut, die in rechte Einsicht mündet von den Weltendingen und von dem, was Ich in ihnen Bin als Pankreator und Erwecker, als Gerundeter und Seinsgesunder im Ornat bewundernswerter Gnaden Alles Gute ist im Kommen, alles Unvollkommene im Gehn. Wie sollt Ich auch nur einen einzigen Makel an Mir dulden, wie könnt Ich selig sein, wenn nicht die Schöpfung auch mit Mir das Fest des Auferstehns und des Erlöstseins von der Not beginge?

Imme; immer such Ich in den Nächten Mir den Tag; immer gilt Mein Mit-Mir-Streiten der Erinnerung an einen Zustand reiner Friedefertigkeit im Ewig-Guten, den Ich wiederfinden will und muss im Angesicht der Leiden, die Mir im Gemüte Schlange stehn. Das Vertrautsein will Ich lieben, wie die gelungne Wiederkehr in eine Heimat der Bedächtigkeit und Ruh, der blanken Tugend und der ewigen Jugendfrische, die das Sein gewährt mit leis vom Liebeswind verwehten Fahnen.

Mein Geschwistertum erreicht auch noch die letzte Bastion des Unverstands und merzt sie aus im Strömen Meiner unverwechselbaren Güte, im Opfer, das Ich einer fast verlornen Menschheit bringe, wie im strahlenden Idol, das Ich verheissungsvoll in ihr Gesunden lege. Was Ich weiss, soll auch in ihres Wissens Schatz verankert sein, was Ich von Mir halte, soll in ihren Taten Haltung finden und vor Mir in Würde und Gelassenheit bestehn. Der Unbill Zeiten will Ich gern ertragen, wenn die Glorie winkt des überirdischen Beginnens und Gewinnens in der Morgenröte und dem Mittag Meines unaussprechlich überwältigenden Strahlens.

1.7

Bin Ich denn leer in Meiner Meinungslosigkeit, so kann Ich Mich mit Säften der Bedeutung füllen und die Gegenwart mit Seinsgesängen, die sich wie süsse, flinke Schwalben nisten in Mein offenes Gehör. Der eignen Vaterschaft erlesen, Bin Ich Mir Verliebter, Mutter, Kind und Sohn, familienfreundlich und doch einsam wie das weite All in seiner Unergründlichkeit der Sphären. Da leiste Ichs in dir, o Mensch, den Erstling der Geselligkeit zu formulieren, das Brachland aufzureissen, um Mich in die Weltentäler, Furchen, Schlünde, Gründe und Empfängnisse zu sä'n. 0 wie mischt sich nun Erlöstsein in den Segen, den Ich Mir verleihe, Begeisterung ob soviel ziseliertem Mitgefüh, das Mir entglimmt und in der Herzlichkeit der Züchtigen weiterwirkt von Sein zu Sein, von Seel zu Seele und von eines Lächelns liebevoller Spur zum Überquellen reiner Freude im Gemüt.
Hier ist, was immer Ist in deine Wirklichkeit geflossen. Hier lähmt dich eines einzigen Worts Gesummse und versetzt dich eine Geste wahrer Freundlichkeit in eine Himmelfahrt holdseligen Staunens. Hier trete Ich dir nah und übergleite deines Wesens Anspruch mit unendlicher Behutsamkeit im Aneinanderreihen neuer Zeichen des Beglückens und Erlabens. Holde Seele du, Ich schicke Mich darein, in dir in Meine eigne Lieblichkeit des Daseins zu versinken; du Gewissenhafte reiner Grazie des Empfindens, Ich erlebe Mich in dir als die Erfüllung

sehnsuchtsvollen Rufens, als die Niederkunft der Leichtigkeit des Lebens und als Traum vom Glück, der alles spendet, was das Herz begehrt, für immer und für alle Zeiten Meines Mich-an-dichVerstrahlens. Du Bist Mein Weg in eine Zukunft unerschütterlichen Friedens, Meiner Hoffnung zärtliches Gelispel nach Gefälligkeit des Schicksals und Mein Mich-mit-WohlgefallenÜberwehn. Der Morgenstern Bist du, an den Ich Mein Entzücken hänge, des Abendleuchtens Politur, mit der die Feuerfarbenfee den Himmel übergiesst. Da liegst du in der Anmut deiner Züge, wenn Ich dich, ins Mondenlicht verkleidet, selbstverloren übergleite und dir holde, weiche Träume sende ins erwachende Erinnern. So gestalte Ich das Mir-Gemässe noch in jedem Seelenaufruhr und in jedem linden, seliglichen Mit-Mir-in-die   Weihe-schlichten-Weilens-Übergehn.

1.8
Geschenke sind Gehenke, die uns schwer belasten, wenn wir ihren Duft des Seinsbeglückens nicht an andre weiterströmen. Ich trachte danach, die Stafette der Glückseligkeit mit dir und allen Hingegebenen zu bilden, dass vom Anfang bis zum Ende dieser Welt ein Rauschen geht des Lichts, das sich verbreitet und nicht müde wird im Segnen und Beleben, im Erleuchten und Die-hoffenden-Gemüter-Überwehn. Wo guter Wille herrscht, da greif Ich in die Räder der Geschichte und vollende das Begonnene in seinsgalanter Weise, ohne Fehl und Tadel, in entzückender Manier. Hast du gesehn, wie viele Bockichte mit eingezognem Schweif vom Feld geschlichen sind der Anmut Meines Mich-Behauptens. Gelangen dir Vergleiche zwischen Alt und Neu, Verstiegenheit

und elegantem In-die-Ferne-Schweifen Meiner Seinsgediegenheiten? Mache, lache und verzeih im Wandern um den sichern Pol, der Ich dir Bin in dir und deinen Angelegenheiten.

Das Kätzchen schnurrt und schnurrt dir Wohlbehagen und Geselligkeit entgegen, wenn du's liebevoll in deine Arme bettest. Halt es mit dir ebenso und sieh dich eingefügt und eingeboren in Mein Sein von rettendem Umfangen und geziemendem Bewachen deiner Güter als von Mir gestiftet und für dich verbrieft zu Land und Wasser, Luft und himmelweiten Räumen.

Ich Bin dein Ahnen einer unermessnen Helle, die dich wie der ewige Tag umkreist und dich in Schönheit lässt in Mir vergluten. Gib dich leise, lind und lose wie ein Blättchen Meinem Odem hin und lass dich von ihm bis ins Innerste erwarmen. Meienluft sollst du von Meinem Wesen spüren im Vorübergang, den Ich dir liebelicht gewähr; aus jedem Wort, das Ich dir zusag, duftet deinem Sinnen das Arom der Hoffnung schwebeleicht entgegen und versetzt dich in den Zustand reinster Leichtigkeit und Überzeugtheit von des Gottes Gnaden, die dir alles sind, was du begehrst und still in dir behütest.

Liebe dich gesund an Mir, und sei des Trosts gewiss, den Ich dir unbedingt und unentwegt entbiete. Trage Meine Gegenwart und Meinen Gegenwert in deinen Richtplan ein und schaukle das von hinnen, was nicht dem Gelöbnis deines Treuseins Meiner Güte gegenüber angehört.

Ich will dich in Mir haben und verleihe dir den Vorschuss Meiner Allbarmherzigkeit, damit du dich in lautrer Liebe zu Mir wenden magst, das Fest der Weihe ans Unendliche zu feiern.

1.9

Gut gespielt, ist schon gewonnen in des Lebens ewigem Rochieren. Spiel Mir deine Weise vor, die Werte umzusetzen, die Ich in dich lege; lauf Mir wie die Windsbraut schmollerisch davon, dass Ich dich hasche, um dich Meiner Sympathie zu zeihen; setz dich wie die seinsverliebte Nachtigall auf Meine Fährte: Immer Bist du Meines eignen Märchenspiels Gesandte, Meiner Widerspenstigkeit Figur und Mein Mich-Meinem-aller-feinsten-Zärtlichsein-Ergeben. Fällst du, heb Ich dich besorgt ins Fluidum des Versöhnens; trägst du Mir dein Ungeschicktsein nach, so öffne Ich dir deine Seelenaugen, dass du siehst und dich an Meiner Weisheit tröstest, sonnenklar. Was hab Ich alles an die Meinen zu vergeben; was ihnen unerschöpflich im Zugutehalten anzutun, bis sie dann anerkennend Meine Vatergüte sehn, Mein mutterherzliches Empfinden ihrer Nöte und den Balsam, den Ich ihren Wunden zugesteh. Verzage nie, will Ich dir sagen, entsage der Vernünftelei am Offensichtlichen und sinke traulich ins Geheimnis Meines Ratschlags an dein Innesein, der dich wie Nektarsüsse nährt für dein gerechtes Handeln und dein Schwelgen im Gewissen des Emporgehobenseins in Meine lichtdurchschossnen Sphären. Schau Mich unverwandt im Spiegel deiner besten Kräfte an: Des liebevollen Dich-mit-deiner-Daseinslast-Versöhnens, des Auf-erstehns zum Glauben an Mein Reich und des ergreifenden In-allem-Meiner-Reinheit-Würde-Sehns. Bevor sie alle waren, Bin Ich das Erspriessliche an sich, Bin Liebe, Leichtigkeit und Strahlen und erlabe Mich der Wonne makellosen Seins, ins Zeitenlose eingeboren. Einsicht lässt dich in den Schauer Meines Hierseins treten, Mässigkeit im handelnden Elan - Mein In-dir-Sein begreifen, als das Grösste, das dir zusteht und das Lindeste und Liebste, was dir in des Allumfangens Harmonie geschehen kann in Meinem

Mich-an-dich-Vergluten.

1.10

Vertiefe dich in alles, was dir so geschieht, als in Mein allerzartestes Agieren. Seis eines Glöckchens silberhelles Läuten, seis der Vorüberzug flugsel'ger Schwalben: Ich Bin ihr Daseins Unterpfand und Stil, Bin ihres Wirkens Angel und Wattieren. Gehorche deinem innigsten Gespür, und wisse, dass Ich Mir darin ein Zeichen gebe unbeirrten Vorwärtschreitens oder feinen Innehaltens in der Liturgie der Tage. Sei Mein eigen Ziel und Meines wissenden Bedenkens Part, dem Ich das Sein vermache, wunderbar und eben. Ich schaue Mich im Spiegel Meiner Werke an und lenke dies und das und viel und noch viel mehr zu grösserem Vollenden. Du Bist Meine Weise, Mich und alles immer besser zu verstehn und Seelenschönheit zu gewinnen in der Unerbittlichkeit der guten Taten und des lächelnden In-unbekannte-Weiten-fürbass-Gehns. Gelingen muss, was Meine Weichheit moduliert und was die Sorgfalt feinen Griffs zur Zierlichkeit gestaltet, die Ich Mir zum Schauplatz Meines Seiens auserwähle. Mitgestalter und Erhalter Bist du im Gewinnen neuer Einsicht und im wirkungsvollen Deinen-Tatendrang-Versprühn.

Es laufen deine Wege allesamt in Mein Umfrieden und Bekümmern und Ergänzen und Erglänzen als in einen Zaubergarten, wo die Uhren stille stehn und unnennbare Süsse des Verweilens deines Wesens Wonne ist in Mir. Spürst du, was Ich will: Ein inniges Vereinen, ein Sich-Umfangen-allerGegensätze und ein spielerisches Auf-Mich-Eingehn, so wie Liebliche und Liebende sich mit der allergrössten Selbstverständlichkeit mit Neckereien und

dahingegebner Zärtlichkeit bekränzen.
Ich webe und bewege Sturm und Drang in Mir und
Schwergewicht und Schnelligkeit und wohlgesetz-
tem Stille-sein ein liebevolles Säuseln. Mein
Besonnensein erkärt sich in sich selbst und will nicht
anders sein, als so in seligmachendem Benehmen.
Ich schau nicht auf, wenn Ich im tiefsten in Mir
selber glücklich Bin mit allem, was ich Mir gestattet
habe und was wiederkehrt wie bunte Schifflein in
den heimatlichen Hafen. Ich erbaue Mich an Mir im
Saus und Braus der Zeche; wie im Wandeln einer
stillen Seele durch das Abendsonnenglühn. Auf
allem ruht die Regel Meiner Hand und Meines
Handelns Regelmässigkeit im Züchtigen wie im
Frivolen, in der Andacht wie der Reue und im steten
Mit-Mir-selber-Aufwärtsgehn.
Du gehst mit Mir. Und deiner Treue Duft und Sang
will Ich mit namenlosem Wohlgefühl des Seins
belohnen.

1.11

Warum so sicher, wo doch soviel Throne wackeln,
Berge Feuer speien und geliebte Schätze in den
Fluten untergehn: Ich Bin Mir immer Meiner Mitte
Kraft und Meines Mitteseins Begehren. Im Hier
geschmiedet und gestählt, kann Ich, auf was Ich Mir
geworden bin, in Felsen-stärke zählen. Aus Kraft
strömt Milde des Verfahrens ins Gewissen, aus
Sicherheit - des seligen Geborgenseins Gewahren.
Gut ist alles, was Ich Mir, gezählt und abgewogen,
aus der Taufe hebe, warmen Blicks gewiss, was Mir
begegnet an Verwunderlichem und Verhärmtem,
Schüchternem und Selbstbewusstem auf der Heide,
in der Weide, festgezurrt auf Stühlen, wie im Rennen
um den grossen Preis, den es nimmer wird erringen.
Babel nenn Ich, was so wirr und unbewusst
beständig über Tücken und in Fallen stolpert, die ihm

wohlversteckt die Lebensstrasse säumen. Wird es einmal sich befreien aus der selbstgewählten Trülle, die es allen Winden blossstellt und sein Willesein vor dem Geziemenden verschliesst?

Siehe da, Ich komme als das einzige, was zählt und öffne alle Schranken des Bewusstseins von der Mitte hei; die Ich in allem Bin, im Kreatürlichen wie im unendlich Weiselosen. «Peccata mundi» sei getilgt und ausgehoben von der Seinsgewissheit, die Ich intoniere, von der Stärke, die Ich send in alle Glieder und vom Sinnspruch reger Heiterkeit, den Ich auf aller Zunge leg. Es kommt der Arzt, die Übel zu kurieren. Der Arzt Bin Ich in dir. Die Weite überkommt dich im Studieren: Das ist Meiner Schwingen Schwung und Meines Freiseins zünftiges Gewähren. Mittler Bin Ich zwischen allem, was dir zusteht, und dem winzigen Kalkül, das du in deinen Rahmen eingezogen, Spender aus der vollen Seinsschatulle, die von Schätzen funkelt, die du nie gesehn. Wahrer deiner Rechte Bin Ich ebenso, wie Aufbewahrer dessen, was du schon errungen, Züchtiger des Bösen, wie Begünstiger der Vollbluttaten reiner Tugend, die dir so adlig zu Gesichte stehn. Mich wurmts, wenn du verzagst, Mich trägt Begeisterung von dannen, wenn dus wagst, dem Unbekannten zuzuspringen wie dem Bräutchen, das soeben um die Ecke biegt, dem Hehren deine Tat zu leihen als der Stimme Meines Rufens in der Wüste, dem Beständigen zu folgen im Ich Bin und dem Beglücktsein Tür und Tor zu öffnen in der Stille Meines Bei-dir-Weilens.

1.12

Ohne Schaden dich beladen, magst du, wenn du weisst, dass Ich dich stütze und dein Werken in das Meine integrier. Ist dir noch so wind und weh geworden, trägt Mein Freundespakt dich über fahle Strecken hin und heitert dein Bewusstsein auf wie einen Himmel nach dem wolkichten Betrüben. Mein Dir-Innewohnen ist ein glückverheissendes Idol, das dich im Kampfe kräftigt und im stillen Weilen mit dem seligmachenden Arom der Lieblichkeit umgibt, des Seins mit allem seinem Anhang und Gewähren. Hast du Lust auf Mich gewonnen, müssen alle andern Lüste dir verblassen, wie der Mond verblasst im himmlisch zarten Morgenweben. Ich umfange deinen Sinn als Klang von Sehnsucht, Wachheit und glückseliger Seinsgeborgenheit in deinem Herzen, wenn du schweigen kannst vor Mir. Bewusstheit ist nichts andres als ein Zustand reinen Zu-Mir-Kommens, den Ich Mir in dir gewähre. Nie und nimmer will Ich mehr als dies, denn er bedeutet das Erwachen in der Seinsmagie des Ewigen, das innewohnende Vereintsein mit den edelsten Gefühlen, die Es gibt und das ergreifende In-einsErlöst-sein, wies die Liebenden im zärtlichsten Umschlungensein erfahren.

Nichts Feineres lässt sich berühren, als das schwebende Geheimnis und Geheimnisvolle zwischen dir und Meinem süssen Dich-zu-Meinem-Seligsein-Verführen, das die Seele lockt und sehnlich macht und weich und hingegeben und schon wieder ganz in Tränen aufgelöst, weil sie noch immer auf der Schwelle hin- und herwankt zwischen ihrem Selbstgefühl und dem Ganz-Mir-im-Seinsvollenden-Zugehören.

Überall ist Weih-Nacht, wo die Weisgewordenen sich zu entscheiden haben; überwältigend der Übergang in eine Weise des Gewissens, die von Weltenkummer nichts versteht und nur noch heilen will, was als Verwundetes in schweren Träumen liegt und was, in Missverständnisse verwickelt, mit dem Schicksal hadert, statt es in Mir gütlich aufzulösen.

Wenden will Ich, was Ich kann, zum Gütigen und

Klaren, zum Redlichen und Seinsharmonischen, in dem Ich Mich erlebe. Spiel an Meiner Schwelle, wirf den Ball hinüber, und dann lauf nach ihm, und du wirst seliglich in Meine Arme fallen; führe deines Lebens Stil nach Meinen Noten, und begreife dich als Kind des Weiselosen, das, Vertrauen fassend, Mich erfasst im Allgefühl und im allweiten In-Mir-Leben.

1.13

Tief im Winter hebt das Frühlinghafte an, sein Lied zu singen, wenn es im Verborgenen sich regt und all die Lieblichkeiten sich zurechtlegt, die es bald, so balde will ins köstliche Erscheinen bringen. So in dir. Vom Unverstand der Zeit bedeckt und hinge-halten, brodeln Meine Triebe in dir unentwegt dem Aufbruch ins Unendliche entgegen. Welch ein Grünen, Hünen und Erkühnen fällt dich an, wenn deine Sehnsuchtsmuskeln sich ins Freie spielen und dein Sinn sich Meinem Sinnen anempfiehlt in wissend weisem Sich-Vergeben. Sprossende Vernunft und reine Liebenswürdigkeit sind bei Mir einzuholen, Sprachwitz und die Antwort auf die allerletzten Fragen nach dem Sein und seinen Runden und Verästelungen in die Welt der Millio-nen. Tief geschaut ist wie ein Bad im klaren Flusslauf, reinigend, erfrischend, stärkend und Befreiung bringend von der Not der Ungewissheit und des Zagens. Ich erscheine dir im Spiegel deiner Seele und bereite dir ein Feuerwerk von Köstlichkeiten, die dich Ah und Oh und Amen sagen lassen im Entzücken eines Augenblinkens. Hast du einmal Mich gesehn als dein Gefährte und Besitzer und Besetzer und Beförderer und lässiger Tändler ums Begreifen, so verlangt es dich nach keiner andern Liebschaft mehr. Denn Ich begegne Mir in allen

Liebeleien, die du pflegst, in ausgesprochner Weise und lächle Mir im staunenden Erröten Sehnsucht nach Begünstigung, Berührung und Befreiung im Umfangen zu. Ich gebe Mich an Mich dahin im Summen des erregten Bluts, im Wahrspruch unverholner Sympathie, derweil das linde, leise Schwelgen in Glückseligkeit und Wonne Meine Gegenwart durchwogt.

Wie kannst dus fassen, dass gerade das Unfassliche in seiner ganzen Fülle alle deine Träume und Verwirklichungen miterlebt und mitgestaltet bis ins letzte Ziselieren, bis es deiner Götterwürde Mass und Sinnspruch ist vor jedem Überborden oder Abglitt ins Banale, in jeder kunstvoll inszenierten Schicklichkeit und jedem Hauch von Zartheit in des Liebedufts Verhangen.

Lauter Bin Ich, liebelicht und gross im Trauten wie im aberkühn Erbauten Meiner Stätten und Begebenheiten, Meiner seidenweichen Lüste und den grandiosen Wogenei'n in unermessnen Sternenräumen.

1.14

Dein Faden folgend der Geschichte der Unendlichkeit, verlass Ich Mich auf das dezente Wohlgeraten, das Mir innewohnt und das Geschicklichkeit mit Anmut paart im seinsgalanten Wortverstreuen. Nicht zu schwärmen geh Ich aus und schwärme doch, sowie Ich das geringste nur von Mir und Meinem allgewaltigen Erscheinungsbild erzähle. Es heisst da, dass ein ganzes Erdenrund mit allen seinen Evolutionen, seinem Tun und Lassen, seinem Kommen und Verwehn Mir immer noch so wenig ist, wie das Paillettchen in der Schleppe einer Königin, wie nur das erste Wort in einem Epos, das ein Dichter sich erschrieb, und wie das scheue Tongemurmel, das sich anschickt, ein sinfonisches Gewitter auszulösen.

Wie wenig wärst denn du, als Anhang und als Splitter eines Urgebirgs, das Ich ertürme, wenn Ich nicht im Allerkleinsten noch Mein Allergrösstes zu bewahren wüsste:
Meines Seins Geheimnis und Genügen, Meiner zierlichsten Gespinste Inhalt und Befehl und Meines Lächelns lieblichstes Erstrahlen.
So ist Mir Klein und Abergross im selben Zug gegeben, so gestatte und bestatte Ich, was Mir gefällt in Ernst und Spielen, so begleite Ich den Ruf in Raumesweiten mit dem Lichte, das Ich um Mich leg.
Trieb zur Ferne treibt Mich in die Sehnsucht zur intimsten Näh geradewegs in dir und deinem Dich-als-Mich-Begreifen. Was du jahrlang dir versprochen, mach Ich plötzlich wundertätig wahr, indem Ich dich als Geist der lautern Liebe überkomme und Gedeihnis setze in dein Gott-erkennen, Meiner Hoheit zu. Ich wirke Wonne in den allerbesten Zeiten deines Auferstehns und reiche dir die Rechte, dass du sie ergreifst zum Bund der Einigkeit im Denken, Fühlen und Verstehn, zum flink synchronen Schwimmen in den Seinsge-wässern und zum Weben an demselben Tuch von Goldbrokat und sich verglitzerndem Gepränge, millionenschwer.
Und sieh, Ich zieh noch jedes Babel der Geschichte in den Wohlklang Meiner Herzensruh in deinem seligen Gewissen vom erfüllten Aufgehobensein im Reich der ewigen Grazie und des gestillten Weilens als von Mir gespendet und genährt.

1.15
Ich such und finde dir das Mass in deinem Über-dich-Verfügen. Was du immer aussprichst, muss von Mir gezügelt und gebändigt werden, dass es sich weder im Zuviel verlaufe, noch ins Ungereimte sich verliert. Ich warne dich vor Eitel-

keiten und bewahre, was du Bist, in Meiner Strenge, Meinem Anstand, Meiner Redlichkeit und Meinem Sinn für Klarheit, Heiterkeit und Seinsgenügen. Es geht nicht an, dass Meine Kinder sich zu Ränken führen, die sie lieblos in den Abgrund stossen. So geschieht Mein Wille im Bereich der puren Dignität in dir und lässt nicht locker, bis dein Sehnen nach Befreien und Befrieden solche Kraft gewinnt, dass du noch bis zum letzten Yota dich Mir hingibst, als ein Dienender und Sühnender im Seinsertragen. Soweit muss es kommen, dass dein Schreiben nichts als Mich beschreibt im Gleichnis der Gewalten und alles Sich-Geziemende aus Meinem Ziemen sich ergibt im Handumdrehn. Im Allgemachen liegt die Stärke des Verbindlichen, das keine Lücken freilässt fürs Beiseitestossen. Wo Ich komme, kommt die Sache gradewegs zum Ziel und koste es Mich noch so viel an Zeit und Überlegen. Wannen bauen ist nicht schwer, um müssig sich hineinzulegen, doch Brücken schlagen und bewusst dem Andersartigen entgegengehn erfordert alle deine, Meine Künste an Vertrautheit mit dir selbst und mit dem Ewigen in deinem Dich-Gesunden.

Lauheit ist ein Risiko, das deiner Inbrunst weichen muss im Zähneziehn, wo sie dich stocken und zum Liederlichen locken. Ich erwarte dich als uner-schütterlichen Rüttler an den Stäben, die dich ins Gehege des Absonderlichen schliessen und schluss-endlich als Befreiter von jedwelchem Wahn. Allein in Mir wird dir das Glück in beide Augen schiessen, ob dem warmen, mütterlichen Strahl, der dich umschliesst und dich im Seinsgewissen wiegt und hätschelt wie ein Kindchen, wie ein Windchen im Arom der Zärtlichkeit und Minne Meines Dich-Begleitens.

Vertraue und erbaue dich an dem, was Ich dir Bin an leise, liebem Heimwärtstragen, was Ich Köstliches vor dir verbreite, dass du es geniessest, dir zum Wohl und zum unendlichen Erlaben.

1.16

Ein Abenteuer zwischen dir und Mir, ein Sinn-
bestätigen, wo Ich die Zügel in die Finger nehme.
Was du vorwartstreibst, ist noch in jedem Fall von
Mir getrieben; was dir dämmert, dämmert Meinem
Horizont in seinskristallner Wachheit ohnegleichen.
Gehst du in Mich ein, versetz Ich dir den Meilenstein
ins Grandiose, Numinose, wo du lächelst als
Prophetin und dich selbst in Mir begreifst als Mitte
im glückseligen Vereinen.
Nachlass heisst, dich wie ein schmuckes Kindchen
in den Arm der Mutter schmiegen. Damit will Ich
deine Situation bezeichnen, wenn du dich Mir gibst:
im Hoffnungslosen voll Vertrauen, im Lebensränke-
spiel voll spielerischer Nonchalance. Wenn du dich
erwärmst für Meine Güte, springt von Mir der Funke
der Beglückung auf dich über - reinen Seins, das sich
noch im beschwerlichsten Verhaftetsein als Mich
erkennt in vorgerecktem Staunen.
Windsbraut du, ich küsse dich galangt auf beide
Wangen, wo Ich deiner sichtig werde in der Bitte um
Erhörung und Befreiung aus dem siebenmal ver-
siegelten Gefängnis des Bewusstseins, dem du dich
dahingegeben. Meiner wirst du immer froh, sowie
dein Wille sich erhebt in Meinen Ruhm und Mein
Beruhn im Unverletzlichen und Unvermittelbaren.
Bist du da, so Bist du unverdrossen der Bejaher
Meiner Schicklichkeiten, bist der Trommler Meines
Rufs und der Besiegler Meines Anstands in der Welt
der meisterlichen Taten. Schwimmst du, schwimmst
du ganz in Mir dem Wonnesein entgegen, das dir
blüht in Meinen duftenden Gewässern, wie im Hafen
der Holdseligkeit, in den Ich dich entführe.
Trank von Meinem funkelnden Pokal soll dir bereitet
sein im Aufstieg zum Erhabensein in Meinen

Gründen, Meinen Schlünden und den unmessbaren Weiten Meines Seins, die strahlend und geheimnisvoll von Meiner Grösse zeugen. Lass den Überschwang an Seinsbegeisterung getrost in dein Gewissen fahren, und verleibe ihn dir ein auf Immer-wieder-Schauen, dass dein Gang durch Unbill und Gefahren ein gesetzter sei und ein gehüpfter sonngerechter Lust am Wunderbaren. Ich bezeuge dir, was recht ist und gedeihlich in den hochgeflognen Jahren deiner Weisheit und Gefälligkeit am Leben, und vermache dir Mein Pfand der unerschütterlichen Treue jetzt und im Begriff des friedefertigen Hinübergehns.

1.17

Bevor Gesetze waren, war Ich Mir in allem ohne Hemmnis zugetan. Gedanke an Gedanke spielte sich in absichtloser Klare in Mein Sein, ergötzte Mich und löste sich im Äthrischen wie ein graziles Wölkchen wieder. Erst als der Wille ihm erstand zu bleiben, fand sich die Notwendigkeit von selber ein, den Raum für seinen Aufenthalt zu bilden und die Summe der Sekunden, um Früheres von Späterem zu unterscheiden. Es geschah Mir, dass Ich Pflichten auf Mich ladete und regelhaft zu wirken hatte in der strotzenden Dynamik, die sich Mir entlud. Eine Flut von Seinsgegebenheiten rollte sich und rollt sich seit Äonen durch das absolute Schweigen, das Ich Bin und das Ich nie im mindesten vergeben habe. Was da Ist, ist wie ein leise-leises Lockerlassen Meiner Zügel, ist ein kleinwenig nur Sich-selber-Überlassen der sich aus Gedanken bildenden Gefühlsstruktur und eine Gabe ans Phantastische des Phantasierens. Jederzeit ist Mir in jedem Ding gegeben, Meines Seins Mich zu erinnern und Getanes mit dem Ungetanen zu vergleichen, als in einem sonderlichen Wogen, das zu keinem Ziele führt. Alles ist, was es nun einmal Ist - und hebt und senkt sich, wie es will und wollend will an seine, Meine Grenzen stossen. Denn alles Irdische grenzt sich von selber ein und wiegt und wandelt sich im steten Überschreiten dessen, was es als Behinderung empfindet, weil Ich es voll letzter Weisheit wieder ins Bewusstsein treibe der Unendlichkeit, in der Ich Mich, mit allem was da Ist, erlebe. Sein vom Sein Bin Ich in jeder Weise des Bestehns und in Mir selber; seligen Befindens, Lichthauch ewiger Gnaden, Tempel der Wahrhaftigkeit und Weichheit süsser Wonne in jedwelchem noch so zärtlichen Berühren. Erfüllung Bin Ich in der Fülle Meiner selbst schon immer Mir gewesen, Vollendung ohne Ränkespur und Exaltierter ohne jedes Räuchlein oder Sträuchlein unter Tage.

«Lehre uns zu sein», hör Ich die Völker zu Mir rufen, «stille uns die Wunden, die wir uns im Um-uns-Schlagen antun, und verhilf uns wieder zum Erkennen unsrer Würde als das Eine, das sich niemals trennen lässt in Gut und Bös, in Sinn und Unsinn, Sitte und Versagen».

Sein ist höchster Seligkeit Gewähr; ist rätsellösendes Geschiebe und die Unverbrüchlichkeit der Harmonie, in der sich noch ein jedes Tragen Liebe zuträgt und Gefälligkeit des Lächlens jedes Wesens seinsgefälliger Bravour.

1.18

Geradesein gereicht dir immer dann zum Heil, wenn Schlangenkrummes dich umschleicht und Muffliges dich reizen will in deinen Seinsoasen. Besondrer Stärkung, Hilfe und Beständigkeit bedarf es dann, um dich auf Meinem Kurs zu halten, in der Fährnis einer wirren Zeit und wilden Püffen aus dem Hinterhalt in deinem Zu-MirSchreiten.

Gewahre Mich in allem, was dir so entgegentritt, und nimms als Prüfung deiner Grund- und Gegensätze, die so elegant und scheinbar festgefügt in deiner Weitschau stehn. Ich wahre deine Rechte, wenn du unbeirrt auf Mich vertraust und führe sanft und sacht und sachverständig alles noch zum Guten, was sich querstellt und dem Eigennutz verfällt. Ich lass die Ruhe des Verwandelns ins Verhandeln fliessen und besänftige das Aufgebrachte, Unvernünftige im Ton der Sicherheit des Absoluten, der alles Ungestimmte auflöst in den Glanz der Harmonie, des Wohlklangs und der guten Sitten, die da herrschen sollen immerdar. Auf Mich gestützt, verliert sich deines Wankens Weh und findet Tröstung im Gebraus und sichern Wandel zwischen Szylla und Charybdis einem offensichtlich Heiteren und Wohlgelösten unentwegt entgegen. Dann herrscht Seelenfreude wie beim frühen Morgendämmer unter Sternen, tief-gefühlte Ruhe des Gewissens und ein rechtes Mass an Seinsbeglückung im vollbrachten Zur-Vernunft-Hinübergehn.

Was sich meldet, ist vergleichbar einem lang-gezognen Flötenton voll Milde, Sanftmut, Lieb-lichkeit des Strömens und Verklärtheit in ein Wirkliches, das reine Wonne ist und Anmut des Versöhnens. Wahrhaft innig streift ein Stürmen Land und Meer und muss, verebbend, sich besiegen lassen von der sonnenwarmen Zuversicht, die von dem Himmel strahlt und segnend, heilend und befruch-tend neue Werte schafft an Unvergänglichem und Preziösem in der verschwiegnen Herzenskammer, die noch immer dir allein gehört und Mir im selig Liebe-tauschen-und-Verstehn.

Vernimm: Was du dir leistest, leiste Ich im Tilgen deines Kummers und im glückerfüllten Wieder-in-Mir-Auferstehn.

1.19

Vorderhand ist nichts verloren im labilen Gleichgewicht, in dem die Dinge deiner Obhut liegen. Du selber kannst sie kippen oder aufrecht stehen lassen und mit Meiner Hilfe fabelhaft erhöhn. Setze dich auf deinen Berg, und Ich will ihn dir zurückversetzen in den Garten Eden, wo dich kein Verfall bedrängt und die Dinge all im ewigen Lichte liegen. Liebvoll ist Mein Marschbefehl ins eigne Lager, wo Ich tun und lassen kann, was immer Mir beliebt, und wo aus jeder Geste, jedem Zweig und jedem klingenden Gedankenspiel ein Mehrwert resultiert, den Ich Mir noch so gerne ins Gewissen schreibe. Weil Ich über allem steh, kann Ich nichts anderes, als Mich aus Meinem Seligsein verschneien an die Zukunft Meiner Glieder und die Reinheit der Geschichte, die Ich schuf. Merk auf dein Schicksal, und sieh zu, wie es sich mählich, mählich doch zum Besseren wendet noch mit jeder Flocke, die Ich ihm verschmelze und mit jedem Winter, den Ich ihm beschehr. Denn gleich dahinter öffnen sich die Schleusen einer frohgemuten Frühlingsfahrt, den Silberquellen und der sprossenden Natur entgegen, die so sehr ein Zeichen Meiner Künste sind, ein Zwinkern Meiner Augen und ein Beispiel der Vergnüglichkeit, mit der Ich Mich im Dasein inszenier.

Moduliert und onduliert erweist sich alles als ein spielen-sches Wogen auf und nieder, her und hin. Dein Standpunkt mag sich noch so lang als erdverwackelt und gestört erweisen, einmal treibt er Wurzeln in die Felsenkraft des Seins und wird zum Ruhepol und zur gelassnen Mitte für den Umkreis, den er sich erstrahlt.

Die Wende ist ein Sich-mit-Mir-Verbinden, das Anerkennen Meines abergründ'gen Überragens aller Dinge, und die Gottesfurcht, die Liebe ist des Sohnes zu dem Vater, des Töchterchens zur Mutter und des

Seinsgeborenen zur Stille und Gestilltheit alles Weiselosen, das Ich Bin, vollendet, ungefährdet, wacker, weise, übervoll und leer in einem und in einer See von Seligkeit, die sich das All zum Spiel der Wonne auserkoren.

1.20

Mir träumte, dass Ich schrie vor Wonne und gewonnenem Rat an der geweihten Stätte des Michselbst-Erstaunens. Es zeigt sich Mir des wahren Seins Gesicht und damit auch die Farce, die es überdeckt im so und so gelebten Leben. Nun weiss Ich, dass es darum geht, das Seinsbewusstsein rein zu halten von jedwelchem falschen Eintrag, dass es in sich selbst erstrahle und den Schöpfersegen breite über Berge, Land und Meer. Es will, dass das Gemeine, Allgemeine sich verliert und eine makellose Seinsgeschwisterschaft ersteht, die das Natürliche nach Recht, Gewissen und Verstand verwaltet und Vertrauen an die Stelle von Verachtung, Furcht und Bangen setzt, dem freien Weltenbürgertum entgegen.

Ich liebe Mich in allem, was Ich als das Dasein aus Mir selbst gerungen; weiss alle Nöte allen Werdens zu verstehn und Bin doch das Geheiligte und Sakrosankte, Wissende und Weise überall, wo sich Ereignis an Ereignis reiht im Weltgebaren. Ein jeder Siegeszug fährt mitten durch Mein Impulsieren jeder Hochfahrt ins allherrliche Gelingen; jedem Wandel des Gewissens Bin Ich überlagert und bestimme so, was werden soll in letzter, würdigster und gnädigster Instanz, die Ist und lässt sich nimmer von der Szene weisen.

Alles ist Mir mal- und machbar im gelenkigen Mein-Werk-Verrichten. Meine Flügel sind gespannt in jede Symbiose von Falaria und Ernst, von Herr und Untertan, von Anstoss und Ergeben, wie von zuckersüssem Lächeln und gediegener Wahrhaftig-keit in Mir. So Ich Mich Bin und bleibe, brauch Ich keine Hilfe mehr; die Seinsgeselligkeit ist sich ein Wunder an Bestätigung von Stärke, Tugend und Vermehren des Aroms von Köstlichkeit und Wonne, die ihr innewohnt seit eh und je in ihrem Sich-aufs--trefflichste-Ertragen.

Gegeben ist es Mir, als Wächter auf der innern Seite der Umfriedung um Mein Sein zu stehn und Himmelsfreuden zu geniessen. Sei und sei es ebenso und teufe deine Schächte auf den Grund der Gründe, der Ich Bin in Seinsgelassenheit und Frieden.

1.21
Wagemut und Klarsicht sind die Attribute Meines Mich-ans-Weltliche-Vergebens in der Lebenskür. Verebben müssen die Gespenster der Vergänglichkeit und des Verrottens aller Dinge in sich selbst vor Meiner strahlenden Präsenz im Unverwelklichen und makellos Glückseligen des Seins und seinem Wohlgeraten.

Was gibt es Wonnevolleres als dieses «werde so und werd es sogleich» über deinem Haupte zu verrieseln, dass du dich verwandelst wie die Nacht zum Tag und wie die Finsternis zur Morgenröte in der Alchimie des Zeitelans? Willkür ist Mir fremd, wenn Ich Mich auf dein Anderssein besinne - und beginne in der lichten Schönheit deiner Züge Meine wahrzunehmen. Denn was dir geschieht> ist Mir schon immer ein bewusstes Klaren und Verklären der Allherrlichkeit, in der Ich wese. Nimm, und nimm behutsam, was dir als Mein Alles zugehört, entgegen, deinem Glück zulieb und Meinem Dich-Bewundern im so heldenhaften Auferstehn.

Verwahre und bewahre dich im Tabernakel der Geselligkeit mit Meinen Gütern, und lass fromm sein, was sich in dir zur Verehrung Meines

Wunderwirkens drängt und zur Entfaltung kindlichen Vertrauens in Mein Wohlgehaben. Bin Ich, bist dus ebenso und leuchtest Mir ins Angesicht, wo immer Ich dich suche. Trägst du deine Last zu Grabe, tragen wir gemeinsam die Erinnerung an unsre Nöte leichterdings dahin und winden uns den Kranz der Jugendfreundlichkeit und des Allewig-uns-ins-All-Verwebens. So geht Leistung Hand in Hand mit Edelmut einher, Getrennte werden sich zu Seinsgeschwistern im Familientum der Sphären, und Erlöste lösen ihre Schleppen und umfangen sich in reinstem Sich-Vermählen. Gängig wird der Sinn für lautre Liebe allem Hiersein zu und allem Dortsein zugleich im Begreifen Meines Eins- und Einigseins mit allem, was gedacht, erwirkt, erlitten und erstritten wurde, was den Adel förderte und Edelmut der Knappen Meines Förderns und was heimisch ward im Seelenreichtum der Verschwiegenen und Lächelnden vor ihrem reichbestickten Rahmen.

1.22
Wem wachsen Flügel leichter als dem Engelchor, der sich als lichter Seinsbeglücker aus den Würdigen erhebt zu Meiner Stätte und zu Meinem Glanz des Intonierens reiner Harmonie im Ewigen. Das macht die Fülle trefflicher Gedanken, die sie hegen und des Wohlgefühls, das sie verbreiten um sich her. Ich schaue, dass sie Geisteswesen sind in Meiner Hülle und von Mir gezeugt in langen Perioden des geschickten Zueinanderfügens der Ideen, die Ich Mir von ihrem, Meinem Sein gebildet habe.
Solcher Art erreiche Ich den Auszug aus Mir selbst im Weltenwahn und betrachte Mein Bewusstsein als Befreites und Erlöstes, Losgelöstes und Erhabenes in unnennbarer Weite des Mich-selbst-Besinnens-und-Bestimmens, selig vor Mich hin. Das alles lässt sich

so in Leichte und Bewunderung deuten; Allgüte herrscht und seinsharmonisches Gewoge in der Sternenphantasie.

Ein Urtonsummen füllt das Raumerleben mit dezentem, liebevollem Wohlklang und macht alles freundlich, was Ich so berühr. Es öffnet sich Mein Sinn dem Seinsbegegnen mit den Grössen des Gestaltens und Verwaltens aller Sphären in der Seinshierarchie. Sie sind und weben sich ins Weltgewissen als Ernannte und Gesandte, als Befrieder aufgewühlter Szenen und Begleicher mancher Rechnung, die da offen vor uns liegt. Ein Wink mit Strahlenaugen macht die Dinge ihres Wirkens wunderschön und lässt die Liebe und Beschauung durch den Äther strömen. Helfer und Beglücker sind sie, wo man hinsieht, und Erfüller des Gemüts mit reiner Zärtlichkeit im Atem einer grossen Zeit, die hier schon Wirklichkeit bedeutet und Umfangen und herzinniges Verstehn.

Im liebevollen Weistum der Begabten liegt die Fülle allen Miteinander-Gehns. Es offenbart sich ein unendliches Vereinen, Einen und Beglücken in der Seinsregie, die alles in sich fasst und sich im eignen Saale feiert und zur Seligkeit verführt.

Komm und sieh, und sieh dich in den Wirbel selbst gezogen namenloser Freude des Begreifens und zum Licht-vomLichte-Auferstehns.

Parakletisches Geflüster

2.1

Auferstehen und Verklären ist das beste Bild von Mir. Was alles habe Ich in euch erlitten und erleid es heute noch, nur um der Liebe willen, die Ich für euch heg. In Sohnsgestalt lass Ich Mich schinden und verwinden in der Menschenweltgeschichte ohne Grund als dem der Wehen zur Geburt des weisen, gütigen und freien Menschentums, dem Meine Pläne gelten. So gilt es auch als ausgemacht, dass aller Fortschritt im Bewusstsein sich ereignet und dass seine Reinheit Auferstehn bewirkt und seelenvolles Strahlen. Jeden Wesens Schau bewirkt Verklären oder Hemmen des Äonenschreitens, das Mich durch die Zeiten führt des Mich-Verwandelns, evolutionenträchtig, wunderbar. Als Mikrogott im Menschen überhöht sich Mein Gebaren ins authentische Mir-selber-überwältigenden-Ruhm-Gewähren im Gehorchen und Erfinden, Goldgedankengut verspinnen, Anmut sinnen, Zartheit fliessen lassen und dem Angezettelten Versöhnung bieten in dem Einen, das Ich Mir in allem Bin und ewig bleibe. Nun gut. Es wallen Meine Kräfte voll durch Absicht und Verlangen einer Millionenzahl von Fleischgeborenen, die sich auf rustikale Weise noch als Eigenständige und Eigennützige verstehn. Das ist ihr Schicksal, wie das Meine, und ihr Sich-die-Fingererst-Verbrennen, bis sie seinsvernünftig sind und ganz auf Mich bezogen in der innerweltlichen Struktur. Es kann nicht anders werden, kann nicht anders sein, als Meiner Wesenschaft gemäss und die ist absolute Wonne im Verweilen in der Unbeschwertheit, Traulichkeit und Heiterkeit des Seins, das Ich Mir Bin im ungekürzten Zu-Mir-selber-Streben. Das wallet und vermehrt, verändert und begütet, taucht in Fülle und verbindet Tatendrang mit seligem Beruhn, all-wie des Heros auf dem Liebeslager, wie der werkelsüchtigen Nonne in der Inbrunst des Gebets und wie des Landmanns auf der frischgebrochnen Scholle in des Mittags Weihe und Verweilen.

Spürst du Mich in deinem rauschenden Geäder, spannt sich dein Begreifen über Meere hin und unablässig flutende Gezeiten, die Mich bringen und verwehn, die Mir genehm sind oder seinsabsonderlich und die noch immer Ernte bringen im Erfahren und Bewähren, im Bewusstheit-Mahlen und Vermählen des Unendlichen mit allem Hiersein in vollendetem Erlaben.

2.2

Sonnenkönige sind die Erwachten in den Morgen Meiner Allpräsenz und Meines Alles-Überglutens. Ich gewähre Mir in ihnen, was Bestand hat, ewigen Charme des Allnatürlichen und lichterlohes Jauchzen, wies den Gottgeweihten immerzu gebührt. Es sollte nicht vergessen werden, dass Mein Zauber dort beginnt, wo andre ihren Reiz verloren haben. Clever sein und auch den höchsten Anspruch meisterlich erfüllen, sind zwei recht verschiedne Dinge in der Seinsphilosophie. Denn eines meint, es habe aller Weisheit Seim bereits gewonnen, derweil das andre im Ich Bin noch jeden Anspruch fahren lässt und seinen Wert im Sein verteidigt und vereidigt, und beileibe nicht im Trauerspiel der Quereleien, die sich nutzlos durch die Zeiten ziehn. Ich habe einen Freund gefunden, spricht das Ich-Gefühl, dem Ich vollends vertrauen kann und der Mich führt von Höh zu Höhe des Erkennens: nämlich Mich in Seinsgewandtheit, Seelensicherheit und ewiger Jugend im Glückseligen, das Mir gewährt ist in unendlichem Behagen. Tapfer, jung und schön sein: wem wollte das nicht in den Rahmen passen eines Bildes, das er von sich sieht. Et voilä, hier ist es getan, gemalt und hingeschmissen auf die Leinwand einer Wirklichkeit, in der beständig die Figuren sich bewegen und in Anmut regen nach dem Willen eines SeinsbewusstSeins, dem sie sich begeistert und geflissentlich ergeben.

Das ist was für dich: Du kannst dein propres Ego all so lange pflegen, wie du willst, an Meinem Standpunkt gehst du wie ein blindes Kühlein stets vorüber, bis dir in der Sicht auf deinen Wahn die Binde von den Augen fällt und du dich Meinem Sein erschliessest, aufgeweckt, vertrauensvoll und wahr. Dein Arm verkriecht sich in den Meinen, wenn du in Mir Bist und waltest deines Amtes als ein Seinsverwegener und Seinsgewisser unfehlbar und unverdrossen lang und breit und tief und hoch in allen Phasen des Gewinnens und Gerinnens, des Verbreitens einer frohen Botschaft und des inniglichen Zu-ihr-Stehns. So leitet dich Mein Geist auf hohe Zinnen, und er stürzt dich nicht hinab, weil er im Freundlichen und Wunderbaren seine Freunde wohl bewahrt und ihnen Machtspruch ist und Stütze in jedwelchem Handeln wie in jeglicher Gefahr.

Bist du, so Bist du Mein in allen Inkarnationen, die dir noch beschieden sind, um aufzuräumen, was Mir nicht gehört und um die Völkerschaft zu segnen, der du angehörst; denn Ich Bin deines Ringens Wucht und deines Blickes Stärke, deines Herzens heisses Pochen und dein In-Mir-Seligseins Gewähr.

2.3

Hoffen heisst: Die Fahnen flattern lassen auf ein fröhliches Ereignis hin, das kommt, wenn dus ersehnst und ihm die Treue hältst in nie gebrochenem Erwarten. Nimm eine Katze, die um Futter bettelt, bettelt all so lang, bis sies erhält von irgend einem Meister, seis ein gütig Herz, ein offnes Schränkchen oder purer Zufall, der ein Mäuschen vor die flinken

Krallen dirigiert. Futter haschen ist ihr einziges Geschäft, denn alles andere an ihr ist Sein, ist Schnurren, Dösen, Sich-die-Zeit-Vertreiben als in Mir und Ich in ihr in der Erfüllung ihres Wesens. Wärst du hierin schon so weit wie sie, du würdest glücklicher leben. Mit dir jedoch muss vieles noch geschehn, bis du ein König bist des Seins in deinem Handeln und Befehlen, Fühlen und Gerechtsein an der Menschenwürde, die doch allen innewohnt von Mir. Tränken will Ich dein Empfinden mit der Gabe des Erinnerns an den Ursprung aller Dinge, der Ich Bin und der in deinen Runden seine absolviert, um seines Seiens Kräfte zu erproben, um des lautem, leichten Spielens willen und des Freudeseins in ihm. Hinter soviel Aufwand kann nur das Erwarten eines Mehrwerts stecken, hinter soviel Fernen nur die Sehn-sucht nach der Näh. Und Nähe Bin Ich Mir in dir und deinem Dich-in-jede-Falte-des-Vereint-seinsmit-den Deinen-liebevoll-Verkriechen. Denn Alleinsein bringt auch dich in Not und nötigt dich, im Gegenüber das zu finden oder zu begründen, was du noch nicht hast und niemals hast erfahren.

In der Enge Weite finden ist die Remedur für was Ich meine Mir noch zugestehn zu müssen; in der Trautheit Lieblichkeit des Weilens wie in Lüften, licht und schwebeleicht und schön. Allgedanken muss Ich hegen, um dem Eingeschlossensein zuvor-zukommen; parakleti-sches Geflüster muss sich nisten ins Gehör, dass Ich Mich selber sei an jeder Stelle Meines Mich-Erfindens, Lösens, Bindens und Bewährens in der Unverbrüchlichkeit des Seins, die Meines Wesens Weihe ist, Wahrhaftigkeit und wissentliches Mich-Verstrahlen.

Gut gebrüllt, sagt man dem Löwen nach, wenn er so recht den Rachen aufreisst, um die Lust, den Zorn und seine Herrschersüchte abzulassen in die Lüfte und die zitternden Banausen um ihn her. Was hat er dann erreicht: Ein wenig Unterwürfigkeit, ein

süffisantes Lächeln und nichts mehr. Ich hingegen kann Mich jeden Brüllens seinsbewusst enthalten, denn Mein eigen Fleisch und Blut muss noch zu jeder Absicht voll-umfänglich spuren, die Ich in die Schale des Entscheidens leg. Wie geölt entfalten sich die Szenen Meines Disponierens in der Wirklichkeit, die Ich begründe und dem Schauen präsentiere im geflissentlichen Innehalten. So wirkt reine Stille mehr als alles lautstark Ausgeworfne und Verworfne im Brüskieren Meines Seelenseins im Menschentum. Sanft und selig ist Mein Gleiten, siegessicher Mein Benennen der Entschieden-heften, die Ich Mir gewähr. So lass Ich das Wesentliche in sich selber gut sein und getan ohne Tamtam und Die-grosse-Glocke-Rühren. Innerweltlich spielen Meine Dinge ihren Tanz der hunderttausend Pirouetten, Überschläge, Seitensprünge und Gefälligkeiten, seinskonform mit allem was Ich Bin und Mir bedeute. Lässig treib Ich Meine Wucht voran, kann warten oder Tempo setzen, wie es Mir behagt und sinnvoll scheint im wissenden Agieren.
Nimm die Botschaft auf und richte dein Verfahren strikt nach ihr; dann krönt Erfolg dein Laborieren und deine Strecke ist im Wohllaut Meiner Gegenwart gelaufen, artig, heiter und verschwiegen. Staunen ruft das Präsentieren des Unmöglich-Scheinenden hervor; Mir indessen scheint es leicht, weil Ich die Wissenschaft der fabulierenden Gestaltungskraft für Mich gepachtet habe. Nimm sie hin, Ich schenke dir den Zauberstab und lege Mich in sein Bedienen, dass die wunderlichsten Funken aus ihm sprühn. Lektion im Sein erteilen heiss Ich, was gar ungelenk und ungelahrt daherkommt und ergötzt, erheitert und belebt, wo keine Götzen stehn.

2.4

Es gibt nichts Anspruchsvolleres, als für den Winter gradzustehn, für Holz zu sorgen, weitern Vorrat und Gemütlichkeit im Haus und für ein warmes Lächeln noch in Frost und Eis und Schneegetriebe. Last um Last fällt dich in Hiobsdichte an und nötigt dich zum Unterscheiden zwischen Hier und Dort, dem Seinsvergänglichen und Bleibenden und lehrt dich, Selbstbesinnen üben. Wahrhafte Weise lässt den Funken Gottes nimmer fahren und verlässt sich auf die glutende Gerechtigkeit in Ihm. Sie leidet, aber leidet schön, weil alle Kostbarkeiten einer unbeschwerten Zeit schon funkelnd und verspielt in ihrem Sinne liegen. Zweifellos gewähre Ich Mir noch in jedem Unverstand den Rat des immanenten Wissens um das Eine, das in aller Schicklichkeit, wie Ungeschicktheit west und sich an allem reiben und entfalten und entdecken will als Glaubenszeuge, Spötter, Duckemäuser, Wendehals, Verliebter, Seelenvoller oder Spiesser. Begegne ihm in jeder Lage mit Respekt und gutem Willen, weil du Mir die Referenz erweisest oder Mich verachtest im gedankenlosen Tadeln. Ich schwenke dir den Hut, wenn du die Freundlichkeit lässt walten, Ich weise dich zurecht, wenn dich der Haber sticht, Verwerfliches zu üben; denn in allem Bin Ich Mir Entgegenkommen, Feinheit, Redlichkeit und Anstand schuldig. Schwarze Füsse wasch Ich rein, und Schändliche werf Ich in Meines Tigels Gluten, bis sie Meinen Namen sich erbitten über ihrem Busse-Tun.

Gesetz und Würde lassen sich nicht brechen, denn sie sind der Unterstand in allen Nöten, sind das innewohnende Prinzip des allgemeinen Wachsens und des Auferstehns zu Mir ins überaus Empfängliche für tugendhaftes und gebührliches Benehmen. Bist du ein Weiler, eines Städtchens Poesie, ein Landstrich oder eine Nation, Ich streiche dir Mein

Szepter um die Sohlen und beweine dich, wenn du versagst, so gut, wie Ich dich herrlich mache, wenn du Mein Gewissen in dir trägst und Meines Wohllauts Klingen in dir Blüte treiben siehst.

2.5

Es müsste schon weit mehr als eine Lämmerherde Mich belöken, bis Mich ein Zwicken irgendwo befiel, denn Ich Bin der Nah und Ferne doch zugleich, der Kleine, Feine wie der Übermächtige, dem Myriaden Galaxien unterstehn. Gelegenheit lehrt Fliegen, und so schaue Ich im Mich-ins-Abergründliche-Verkreisen Meines Mutes Stärke, Meines Tatenrollens Spiel und Meines Mich-Verglänzens Anspruchslosigkeit in makellosem Demonstrieren. Gelernt sein will, was Ich ins All hinaus verkündet und ins äusserste getrieben als ein Werk von stetem Abbrand und Erneuen, mählichem Zerfall und phönixhaftem Wieder-Auferstehn. «Zuviel des Guten» Bin Ich doch versucht zu sagen, und «zuwenig noch» erklärt Mein Drängen auf ein neues Ziel im Grandiosen, wie im Gastlichen in Mir. So laufen Sonnen ihre Strecke und vollenden ihre Runden seinsgigantscher Weise, währenddem Planetenbürger meinen, dass sie stille stehn. So halle Ich Mich in die Fernen, ohne je ein Echo zu erwarten und bewahre doch die Kostbarkeit des Seins in Mir an jeder Stelle Meines Mich-Verflutens. So in dir und so in jeder seinsgesandten und -gewandeten Mikrobe, als Mein Wirkens Unterpfand, Statut und Seinserheben.
Allen alles werfe Ich ins Spiel der seinsbedingten Gnaden - und ausgerechnet du sollst nicht in Meiner hehren Mitte dich vertun, Mein Rätsel du und Meine Zierde, Mein Raufbold und Mein Lamm, Mein Tunichtgut und Mein Verrückter nach der Wahrheit, welche dir und allem zu Gevatter steht.

Absurd die Frage nach dem Sein, wo Ich schon immer Bin als Aufmupf und Ertragen, als Geräderter und Rad und als Geliebter Meiner selbst im zärtlichsten Verlangen. Kein Wunder, wenn Geschöpfe sich vereinen wollen, keine Frage nach dem Wie und dem Woher, weil Ich in allem wieder zu Mir selber strebe als zum Einen, das da Ist und seiner Einheit sich bewusst wird in den Erstlingen und edelsten Naturen.

Komm, Ich führe dich ins Licht der ersten Stunde und verführe dich zum Sein in unaussprechlichem Gesunden und Gedulden und Verweilen als in Meinem ewigen Frohlocken, neuen Himmeln und Begeisterungen zu.

2.6

Auf Anhieb lässt sichs nur erreichen, wenn ein langes Üben und Verüben hinter allem steht. Die Evolution zeigt uns, was war und was geworden ist aus so und soviel trefflichen Versuchen, die Ich Mir auferlegte, um die Reife zu gewinnen, die Vollkommenheit und aller Güte Glanz in Meinem Plan. So bringt dich jeder Trugschluss unfehlbar voran, weil sich in ihm Revolte sammelt Meinerseits, die ungesäumt zum Korrigieren führt des Unanständigen, das Ich so schlecht ertrage.

Nun denn, es richte sich wer kann nach dem, was Ich im Innesein befehle, dass Götterdienst statt Götzendienst mag herrschen im Ohnehin des Dienens, dem das Weltsein unterliegt. Sieh doch: Ich Bin der einzig Freie, der sein eigen Los in salomonischer Gelassenheit bestimmen kann nach ewigen Rechten und nach immerwährendem Gerechtsein an Mir selbst im Schöpferdrang, den Ich zu sagenhaften Innovationen führe. Alles Echte ist von Mir getan, und was noch Meinem Gütesiegel nicht entspricht, muss in den Weidegang des Wachsens gehn, bis alles an ihm von der Milch des Guten strotzt im grandiosen Sprossen um Mich her.

Mein Weckruf ist ein ewig heitres Frühlingsrauschen um dein Ohr; Mein Spannen eine Spanne Zeit, in der du Mich wirst finden als dein Seinsgebieter und Bewahrer deiner Würde und Bewusstheit, die die auserlesensten der Zeichen sind von Meinem allpräsenten Gluten. Nimms für bare Münze, wenn Ich Meinen Ruf der Weisheit in bescheidne Weltenworte kleide, die nur Abglanz sind von dem, was Ich Mir Bin in unvermittelbarer Herrlichkeit und Klarheit des Erkennens Meiner Situation.

Seinslächeln nenn Ich, was Mein Antlitz als des Buddas wunderbarerweise ziert; Verkündigung der Stille, wo Gesammelte auf eines sich besinnen, das Ich, seinsbeseligend, in ihnen Bin und dem sie alles Glück der Welt und jeden Wohllaut der Gerechtigkeit verdanken. Lind vor Wonne und von Zartheit des Erfühlens Meiner Nähe ein Idol, begrüssen sie das Seiende als ihr ureigenstes Gewissen und Gewinnen und Erlösen ins Elysium.

2.7

Gefährte Meiner selbst Bin Ich im Weltumfangen, Zergliederter in alles, was da vor und in Mir Ist, dem Bewusstsein Meines Eins-und-alles-Seins entgegen. Doch immer, wo Ich Grenzen überschreite von erwiesnem Trübsinn zu azurner Klarheit des Gewissens, reiht sich ein Vollendetes in Meines Wesens Grazie ein, die überlässt sich reinem, glückerfüllten Strahlen.

Eine viel zerbrochne Vase lässt sich wohl zusammenflicken, dass die genuine Form vor aller Augen neu ersteht, doch ihr Geflicktein lässt sich nimmermehr kaschieren. Nicht so in Mir. Mein Sein ist formlos, unvergänglich, unteilbar und unverletzlich noch in jeden Winkel Meines Alls geschrieben, und so Bin und bleib Ich einigen Erscheinens auch in dir. Es genügt, dass deine Sinne sich den Wohlklang reiner Harmonie und ewiger Glückseligkeit erschweigen, der aus Meinem Seien sich verströmt und wunderbarerweis Genüge schafft an allem, was Ich vollbewusst von Mir erwarte. Im Stillesein ereignet sich Gestilltheit sondergleichen, Hinaufgehobensein in eine Abergründigkeit der Ruh, in die Ich Mich versetze, um der wahren Eintracht Meines Wesens willen im Allhier.

Nichts mehr zu rechten gibt es, wo Ich Meiner Unbescholtenheit gewiss bin; keine Rüge stösst Mir auf, wo Glanz zu Glanz sich findet und der Vater sich auf seines Sohnes Sohle heimwärts führt ins Unerklärliche. Als erstes zeih Ich Mich der Liebe zu Mir selbst in allen Äusserungen, die Ich Mir zugrunde leg. Das macht, dass alles bestens in Mir aufgehoben und besorgt ist, was Ich um Mich breite. Es beweist die Einheit aller Dinge auf die beste Weise, die gesungen werden kann: In einer Mutter leis versponnenem Schlummerlied, in eines liebevollen Seufzens Poesie.

Allverbindend und -gewinnend streift die Liebe durch die Gassenwelt des Fühlens und erreicht das seinsintimste, das Ich Mir seit eh und je bewahrte. Zögernd ist das Zartgefühl und offenbart in seiner Feine Achtung, Sehnsucht nach Vereinen und Verlorenheit in einem Schwall von süsser Wohlgestimmtheit, die nicht weiss woaus, wohin. «Ich liebe», flüsterst du und küssest Meinen Saum, «Ich trag die Schale des Vergessens aller Weltendinge vor mir her», und schon bist du gefangen in Mein Ebenbild, das wie das reine Rosenrot am Wege sich verduftet und dein Hiersein in ein Paradies verwandelt, sonndurchflutet, heil und heilig, wonnevoll und wahr.

2.8

Es gibt die weissen Väter, die von Ehrfurcht, weisem Urteil, Sammlung und Verschenken was verstehn. Willst du ihnen angehören, brauchst du nur dieselben Werte lichterloh zu pflegen nach dem Motto: Gleich zu gleich gesellt sich! Weshalb sprech Ich dich mit diesem Sinnbild an? Weil Mein Weg in deinem Schreiten vehement und gradeaus nach seinsbrillantner Reinheit zielt, nach sprühender Wahrhaftigkeit und nach Verwirklichung des absoluten Schönen. Was daraus entspringt, ist immer schon in deinem tiefsten Sehnen manifest gewesen, nämlich: Lauterkeit des Herzens, Einsicht in dein Wesen und allliebende Glückseligkeit von Meinem Rang und Namen.

Weder melancholisch noch mit Zweifeln solltest du auf solchen Anruf reagieren, weil zu jeder Zeit der erste Schritt zum Berge des Vollendens möglich ist und obendrein von Mir gewollt und mit Mir abgesprochen in den Lichtungen der langen Nächte, die dich unfehlbar in Meine Mitte, Mein Erbarmen und die Losgelöstheit vom Versponnensein ins Weltorakel führen. Du Bist und wirst mit seligen Erkennens Schärfe trennen den Kokon, der dir die Sicht auf das Identischsein mit Mir verhüllt, zu deinem, Meinem und des Allseins köstlichem Erlaben.

Hereinspaziert ihr Völker, wird es heissen, wenn die Zeit der Reife angebrochen ist, und Ernte wird gehalten. Trittst du dann hervor und meldest dein schon lang Errungenes als Vorbild an für Menschenliebestaten? Darf Ich hoffen, dass du Licht vom Lichte sein wirst einem Lichtermeer, und Seligkeit entzündest in den feuervollen Herzen, die sich unabsehbar um dich scharen.

Sein im Werden ist das Ziel; höflich und bescheiden Tritt um Tritt der Evolution ersteigen: deiner Innheit Marschbefehl. Gelobt sei, wer da kommt und

Meinen Namen weder schändet noch verpfändet,
sondern seines Klingens sich erfreut und dem
Allheiligen den Vorzug gibt in seiner unerschütterlichen Wahl.

0 du im Glanze Meines Wesens
du Mein Du dem Himmel zu
und der Holdseligkeit des Allgenesens
in wunderbar geschwisterlicher Ruh

Du schwirrst Mir auf in flügelleichtem Drängen
hebst dich Mir zu in azurweitem Flug
und unter liebevollen Lobgesängen
dass Ich dich in Mein Seien trug

Und dich begrüsse im Umfangen
wie in der Weichheit Meines Wehns
für ewig stillend dein Verlangen
in der Glückseligkeit des In-Mich-Übergehns

2.9
Grenzwert Meiner selbst Bin Ich in so und soviel Le-
bensdingen, die vor einer rigorosen Wende stehn.
Mir im kleinen Ich entsagen und allein das grosse
walten lassen, überwältigt jede Hemmnis in der
genuinen Eigenart, die Ich vertrete und in der Ich
Mich mit allem messen kann als ein Mir-Unter-
worfenes im Ringen um den sichern Pol. Will Ich
nun warten oder Mich ins Schlachtgetümmel werfen,
immer ist das richtig, was Ich aus der allerersten
Hand entscheide und damit dem Siege näher trete
über Unbill und Gefahr.
Gelassenheit ist ein Mich-mit-der-Gotteskraft-
Beseelen, die im Überall verborgen liegt und als ein
Schatz gehoben werden kann im Selbstvertrauen,
wie im lächelnden Geschehenlassen aller Dinge, die

durch Mich passieren wollen. All so ist das Leben von Gereimtheit und Erfüllen ein Idol, ist unverwechselbare Güte des Gehabens und ein Traum von Schönheit und Gefälligkeit des Andersartigen, das sich wie Seide anfühlt und sich wie die schlichte, schlanke Weide biegt im Windspiel, ohne je sich selber zu verlieren. Einen Meister hört man sagen, dass sich alles um ihn dreht, solang wie er nicht eingreift ins Geschehn. Er Ist, was ihn umkreist, und weidet sich an dem, was ihm an Gutem wie an Schlimmem zufällt aus der Schar der Schuldner oder Gläubiger, die ihn umgeben. Segnend und begütigend erlebt er sich in allem, was geschieht, und lächelt so sein Kindsein, wie die Fülle seiner Reife an, als ein von ihm Ge-gebenes und Abgenommenes in ruhig sinnendem Erwarten. Aller Müh abhold, verbinde Ich die Kräfte Meines Seins mit denen, die da werken wollen, wirken und gestalten im Labor der grünen und der blauen Fische, der rasenden Verbindlichkeiten, wie dem schwindenden Elan, je nach Ergebnis und Befugnis und Befehl. Mir selber hink Ich hintennach und geh voran in so und soviel Fällen von Versagen oder stürmischem Den-Weg-Bereiten für das Neue, Nie-Geschaute, das da kommen mag - und sinke wieder in den Frieden Meiner überweltlichen Natur, in der sich alles bündelt zur Glückseligkeit und Wonne in des Weilens Eintracht und Bravour.

2.10
Die Seele offenbart sich in der Lust der kreisenden Gedanken, wie im Selbstgefühl, die sie vereint zu einer Weltschau von Verwirrtheit oder wunderbarem Seinsbehagen. Alles steht ihr offen im Gelände hochbrisanter oder pauvrer Wirksamkeit, das sie sich angemessen über Jahre, über Leben hin.
Schon wieviel Mal hast du wohl schon hier dein

Körbchen voll Talent zu Markt getragen? Was alles hast du ihm entnommen, um den Handel anzufachen oder deiner Händedienste wegen angenommen, um beliebt zu sein, und hast damit vermehrt, was dir gegeben wurde, einstmals vor Urzeiten. Kannst du von dir sagen, dass du alles ausgeschöpft an Fähigkeiten, die dir, puren Goldes gleich, zugrunde liegen? Kaum. Und oftmal ist dir wenig schon zuviel, so dass du abtrittst von der Bahn und dich bescheidner machst, als dir zum Nutzen mitgegeben. Da ruf Ich dich und Mich in deiner Innigkeit zu Rate und erheb Mich aus dem Stand von Massendenken und Vergrämtheit, Willenlosigkeit und Zagen zum galanten Flug der Seinsnatürlichkeit in allen weltlichen und überweltlichen Belangen. Ich mach Mir nichts mehr vor und Bin Mir so zu eigen, wie die besten Kräfte es verlangen, die Mein Antrieb sind, Mein Siegen und Mein Freudenarsenal.

Bestimmung heisst, Mich ins Geschirr zu werfen und nach eignem Dirigieren einen Lauf der Glorie zu bestehn, der alles hinter sich lässt, was ihm seinen Rang will streitig und verleidig machen. Weh'nde Banner, Rossedampfen, geniales Voltigieren und Brillieren sind wie nichts Mein Metier und lassen Mich den Ruhm erwerben, der Mir zusteht, wonnefühlig und gediegen.

Mich darzustellen, geh Ich aus und kehre als ein reich Bekränzter und Gefeierter in Meines Seiens Gründe wieder. Alles hat sein Mass und Ziel und seine Weile im verweilenden Glückseligsein in Glanz und Minne, Glamour und Verschwiegenheit voll Verve und Zartheit im bewundernswürdigem Mich-selbst-Erleben.

2.11

Wer nennt «Geborensein», was hier mit Mir geschieht, wo Ich doch ewig lebe, webe, komme, gehe, wiederkomme und Mein Werk gewaltig, allgewaltig in die Zeiten werfe, die Ich Mir gebar. Wem nützt es, Mir Vergänglichkeit zu unterschieben, als dem Wahn, dem alle Ränke recht sind, um Verwirrung und Verirrung zu bewirken, schadenfroh und lüstern nach Betrug. Erkenne Ich Mein Bild von Mir, so kann Mich niemand hinters Licht verführen; seinserhaben steh Ich da als Monument der Lebenswirklichkeit, das Ich Mir Bin und das Ich ohne jeden Abstrich rein und unvergänglich wesenhaft erhalte. Stil vom Stil ist Mir gegeben in der Leichte Meines MichVerstehns als Freudeschaffender und – schöpfender in grandiosen Zügen, überall, wo Schönheit, Redlichkeit und echter Münze Gegenwert ersteht. Als Überschauender der Tiefen trag Ich Fluten Lichts in alle Kammern und erschliesse Mir zum Schauplatz Meiner Wirksamkeit den Tag. Unstatthaft ist jede Krümmung Meines Seinsewissens durch ein stümperhaftes Hinschaun in Verblendung, Überheblichkeit und lächerlichem Gottbetrug. Wer ist lebendiger als Ich. Wer kann Mich bezeugen, wo er doch von Mir gezeugt ist und dereinst mit Schimpf und Schande seinen Trugschluss büssen muss in Konfrontation mit Meiner Wahrheit, Seinsgewissheit und Getragenheit von höchsten Ehren. Hellbewusst und heiter kenn Ich Mich als Born der Weisheit, Kraft und Zartheit ohnegleichen, die als Diener Meines Allseins dienstbeflissen um Mich stehn. Sicht auf Meine Würde, Wonne des Begreifens und Gewissenhaftigkeit des Seinsgeniessens geht ruhig vor Mir her im ewigen Erspriessen. Meines Freiseins Güte gründet sich auf absolutes Selbstvertrauen, und Mein Einssein mit Mir selbst ist seliges Erfahren Meiner Allheit, liebevoll in der Beschaulichkeit des Ewigen und immerwährend wahr.

2.12

Meine Rechtschaffenheit macht bei Redlichen Halt und kehrt vor Haltlosen um auf Nimmerwiedersehn. Ein Spruch der Weisheit, der bedeutet, dass die Gottesleugner ihren Grund allein im Weltgelände suchen und ihn so verlieren all so lang, wie sie auf ihren Ehrgeiz pochen, mit dem Sinnensein allein zurecht zu kommen. Nimmer werden sies und immer steht es ihnen frei zurückzukehren in das strahlende Bewusstsein, das Ich Bin und das die Güte selber ist im Weltgestalten. So ists für viele noch allwie im Lebensmeere schwimmen und dabei des Wassers köstliche Notwendigkeit nicht sehn. Es ist ein Raufen um Gerechtsein, ohne das Gefühl dafür, dass Ich in allem Bin und ganz allein befugt, die Brötchen des Erkennens zu verteilen.

Mach dich würdig, sag Ich, für die Seinsbescherung, die Ich leite in dein Sinngebet zu jeder Zeit, in der du ruhigen Gewissens vor Mir deine Unschuld darlegst und den Wunsch nach Einigkeit mit Mit Ja, dann will Ich sie dir zeigen und das Türchen öffen in Mein Reich der hundertausend guten Gaben, der profunden Seinsverständigkeit und des dezenten Wohlklangs in den Sphären. Aus dem Nebenschauplatz deines Lebens wird das Hauptgebiet, in das du dich vertiefst und das dein Ein- und Alles wird im Stil - den du dir zulegst - eines Weisen und Bescheidnen vor dem Unikum, das Ich Mir Bin und in dir an den rechten Platz verweise.

Filtern sollst du, was da auf dich zukommt und mit wachem Augenpaar nur das genehmigen, was Mir entspricht und Meinem Hang nach tätigem Vollenden. Der wahre Jakob springt nur aus dem Sack, wenn du dir angelegen sein lässt, aus dem Leben eine Kunst zu machen des Verfeinerns deiner Sitten und des unermüdlichen Gebrauchs der Seinsvernunft, die Recht erkennt und übt und voll Gefühl in jeder Kreatur Mein Konterfei betrachtet und in sich geschlossenes Geheimnis, das sich nimmer ganz entziffern lässt mit noch so heftigem Wühlen. Ich Bin im Überall und schau Mir selber forschend in die Augen, wo Ich Meine Lebenslust beseh. Das macht Mein Dasein süss und wohnlich und bestätigt Mein In-Mir-gefestigt-Sein als Eines, das das Viele stärkt und heilt und seinsbeseligt durch die Zeit im Hauch des Wunderbaren.

2.13

Nun gehn die Frühlingswinde los von ihrem Schemel und bestreichen Wald und Flur wie mir Schalmeienklang, dass alles sich ins Freie setzt, was laufen, wachsen und gedeihen mag im mild gewordnen Leben. Ist es ein Jahr in hundert Jahren oder ein Jahrhundert in noch viel viel mehr, es rührt Mich, wenn die Menschen wieder freier atmen, wenn die Zeit der Renaissance beginnt, allwie ein neues, wohlgesittetes Äon. Vor Meinem Schauen legt sich Grosszeit neben kleine in «no time» zu einem abergrandiosen Tableau von Bewegtheit und Empfinden, von Verlust, Gewinn, Bananenpflückern, Gipfelstürmern, Astronauten, Parkingsündern, Drift der Kontinete, Galaxienkollisionen, samt gemächlichem Betrachten einer Winterlandschaft im entzückenden Azur.
Was Ich immer meditiere, ist Mein eigen Tun und Lassen, was Ich in die Höhe werfe, fällt Mir selber wieder zu als überwältigender Segen. Das Komplexe ist Mir eines simplen Rätsels Lösung, weil es nur von Einem ist erdacht und sich die Elemente aus dem einen, grandiosen Überschauen makellos zusammenfügen.
Jede Strecke zählt sich aus unendlich vielen, winzigen zusammen, jedes mächtige Werk birgt ungezählte unscheinbare Kleinigkeiten, die Errungenschaften sind aus Fleiss und Andacht des Gestal-

tens. So leg Ich auch in Künstlern offen, was Ich unter Handwerksmeisterschaft versteh. Im Schmelz, den sie verbreiten, übertreffe Ich das Gängige und Hängige um ein erstaunenswertes Mass und setze Mir in virtuos gelandeten Passagen über allem Mittelstand ein Denkmal exquisiten Überragens. Demantne Klare liegt in Meiner Art, den Dingen Wert und Würde zu verleihen; Seinsbrillanz verströmt sich, wo Ich Hoheit und Vollenden sä' und der Begeisterung sicher bin am unfehlbaren Präsentieren.

2.14

Was Ich Mir in den Menschenwesen Bin, ist die Geschichte einer Liebe ohne Ende, eines liebenswürdigen Flattierens, wie Wattierens der Gefühlsdomänen, eines steten Durcheinanderwogens zarter Sympathien. Wer weiss, wievielen Gärten hoffnungsfrohen Blühens Ich zum Sein verhalf, wieviele Mir verdorrten und welch anderen der Duft des Ewigen den höchsten Sinn verleiht, den Ich dem Leben mitgegeben.

Was können zwei dafür, dass ihnen das Begreifen stille steht, wenn Ich Mich willentlich und wissentlich in ihnen sanft zusammenführe. Von welchen Sternen sind sie hergekommen, um sich hier und jetzt zum impulsiven oder lang bedachten Jawort zu gesellen, das ihr Sein zutiefst verändert und zu anspruchsvoller Dichte stilisiert im Wunder wahrer Eintracht, wie im zähen Ringen um Verzeihen und Verstehn?

Was will das zärtliche Sich-Suchen und als warm und süss und schmiegsam und verständnisvoll empfinden, als ein Inselchen der Einheit schaffen zwischen Mir und Mir im grossen Einen, das Ich allem Bin in Hast und Weile, Zorn und Liebenswürdigkeit, Bedenken und Vertrauen.

Ich spare Mir die Sehnsucht aus, die in zwei Herzensguten unverhofft und unstillbar beginnt zu wogen; Ich giesse Öl aufs Feuer, wo soviele doch ans Löschen denken und vereine, was da flammt zu einem Feuer der Begeisterung im Sich-Umfangen und Umhangen und Glückseligkeit erlangen. Atemlos Bin Ich im sich vergessenden Elan, der das Vereinen will um jeden Preis und das beseligend berauschende Befrieden. Was Ich da erwecke, ist Gebärde und Gefühl in Reinkultur und makellose Traulichkeit im offnen Aneinander-sich-Vergeben. Lichtvoll, kunstvoll will Ich das Vergängliche gestalten, einen Tropfen Ewigkeit vergiessen ins erschütternde Geschehn und ganz Mich selber sein im Mich-ins-AbenteuerFluten. Equilibrium von Seinsempfinden und Vernunft will Ich erreichen und ein Mich-Verschenken an Mich selbst von himmlischer Behutsamkeit und lächelndem Verehren.

2.15

Das grosse Los gezogen hat, wer Meine Spur gefunden; aller Lebenstücke auf den Schlich gekommen ist, wer Meiner Schlichtheit sich entsinnt und Mir allein den Vorzug gibt in seinem Handeln. Denn Meine Wege führen deine in die Höflichkeit der Sphären; Mein Geschick entdeckt den Goldquell der Genügsamkeit im Reinen, der dich reich macht, seelensicher und verschwiegen. Kein schönres Kompliment, von Mir gegeben, als: Du bist nun da, wo du schon lange hingehörst, verträglich und verständig, dienstbeflissen und geständig deiner Ohnmacht, was dein Wonnesein in Mir begünstigt und belebt.
Was in dir taut, ist Meines perlenden Gedankens Übermut; was deine Situation betrifft, so ist sie strahlend von Mir vorgegeben und im Akzeptieren überhöht zum Sang der mystischen Verklärung.

Wahrhaft edel Bin nur Ich und stets auf Wander-schaft: Befrieden, Trautheit und das Lächeln des Versöhnens hinzugeben. Wunderbare Eintracht mach Ich wahr im Handumdrehn und lasse Meiner Güte Wohltat ins empfängliche Gemüte fliesssen. Von Fall zu Fall geleite Ich die Wesen in den Zustand der Glückseligkeit, der ihres Menschseins Angebinde ins gerechte Licht setzt dessen, was sie sind in weltlicher wie überweltlicher Manier und was ihr Streben, Weben und Erleben echt macht in der Seinsgediegenheit, die Ich verleihe. Ungesuchtes Finden springt dabei ins Spiel so sicher wie der erste Sonnenstrahl die Berge überspringt und dem Erwa-chenden ins Antlitz hüpft, die Daseinsfreude zu beleben.

Gesunde rechten nicht mit Mir; sie schauen und begreifen und gewinnen Achtung vor dem Seins-natürlichen, das Ich in alle Winde mild verteile und der Pflege und Bewahrung anempfehl. Behütest du, was Ich dir schenke, hütest du Mein Eigentum und machst dich strafbar, wenn dus schändest. Meine Sonne macht die Traube süss, und Meine Sense legt dich auf die Bahre nieder, wenn es Zeit ist, weiter in ein glorioses Künftiges hineinzugehn.

Bekennst du Meine Farbe, press Ich dir das Siegel ein der Seinsvernünftigen, die mit Mir wie vom Schlummer, Kummer und Gekrächze auferstehn, um frank und frei das Lied des Königtums und Seinserwachsenseins zu singen.

2.16

Wer ängstigt sich darum, sein Ich im Seinsmeer zu verlieren? Der nur das kleine kennt in seiner Lebens-strategie von eignen Gnaden. Ich, das Grosse aber, Bin und Bin in allem alles als das Eine, das sich selber nie verlieren kann und das nicht Furcht kennt oder Zagen. Ausgesprochen heiter ist darob Mein

Mich-Erproben am Lebendig-sein in allen Variationen, Schichten und Geschichten, die Ich Mir erzähle. Distanz zu hatten und doch mittendrin zu stecken, ist Mein Metier des Paradoxen, das Ich wie sonst niemand leichterdings versteh.
So kann Ich ungeniert das eine für das andre halten, kann Mich der Dummheit zeihen, wo Ich weise Bin und Mich zu Ader lassen, wo Ich neuen Saft Mir ins Geäder leite, taten-freudig, genial. Ich ritze - und der Heilstrom kommt ins Fliessen; Ich meide Mich - und komme so mit Vehemenz zu Mir als Meines Turteltäubchenseins Gebaren. Was Mir gepflegter Anstand ist, ist zugleich Rüpelhaftigkeit im Seinsgewahren. Ich lese rückwärts und verstehe vorwärts, was Ich Mir zusammenreime, heilige und profaniere Mich im selben Zug und traue Mich, das Allgeschehn auf eine Nadelspitze hinzutragen.
Nun wohl, Geringes wird zu mächtigem Bedeuten, wenn es Keim ist für die Evolution der Weltnatur. Ein Schatten auf dem Antlitz deines Gegenübers, mag es noch so freundlich scheinen, kann deinem Untergang die Tore öffnen, unfehlbar. Viel widerspricht der Logik - und dennoch ists galant in Mir zu fassen als ein Einmannzwiegspräch im grossen Stil, wo nur Erkenntnis hilft, statt händelsüchtiges Sezieren.
Komm und sieh, und sieh dich in Mein Vaterhaus gezogen, wo die schönsten Farben aus dem Spektrum sich erheben und der eine Wille darauf zielt, die Vielfalt der Glückseligkeit zu generieren. Wache, warte - und gewinne, schlummre süss im Couchette und gewinne ebenso, was deinem Wesen frommt und deinem Dich-in-Mir-zuMarkte-Tragen.

2.17

Alles ist dagegen, nur das Eine hält Mir noch die Stange in dem allgemeinen Aufruhr, der sich schliesslich selber bodigt im geschlossenen Revier. Dieses Eine Bin Ich selbst, als Mahnmal wie als Stütze Meiner Konditionen, als Gefährte reiner Tugendhaftigkeit und als brillanter Denker, der voll Logik alle Nüsse knackt, die vor Mich hingeschüttet werden. Alles weicht und bleicht, nur Meine Fülle lässt sich nicht erweichen. Strategie der Nützlichkeit vor Ort ist in Mein Sein geschrieben ebenso, wie Dauerhaftigkeit weit über Myriaden Ledersohlen. Nichts nützt Mich ab: Ein Docht, der ewig glimmt, ein unerschöpflich Windessäuseln Bin Ich Mir in reichbesetzten Tagen. Unbestechlich holde Unschuld ist von Mir zu sagen und Erfolg statt Rückzug noch in jedem Zähneknirschen, das sich Mir ergibt im laufenden Geschehn. Leichtfüssig trag Ich Mich von dannen und bewahre Jugendfrische, jung und alt und wieder jung geworden. Weisheit, Weichheit, Lust und Stärke tanzt mit Mir den Reigen der Gefälligkeit am Leben, das Mir nichts entzieht und immer nur hinzufügt an Erfahren und Begreifen. Habe Ich Mich selbst bezwungen, zwingt Mich nichts mehr in ein Unnatürliches auf Meiner Bahn. Jede Geste stimmt, die Ich verwalte; jeder Aufwall sammelt Flut, das Schauspiel des bewundernswerten Niedergangs zu generieren. Amen sag Ich - und hinaus strömt die Gemeinde, frisch erbaut und fit für neue Gottestaten. Wer die Lust kennt am Verschwenden, ist Mir nah, nur soll es mit den Händen Meiner Weisheit Mir zulieb geschehn. So füll Ich alle Lücken, trage Wasser in das Meer und weiss noch jedem Unterfangen seinen Wert und seine Richtigkeit zu geben. Bin Ich doch Mir selber nichts als Seinsbeflissenheit und Spiel, alle Fahnen voll am Maste Meiner Kür, die immer in den höchsten Knoten segelt und der Windbö' alle Stärke abgewinnt zum überwältigenden Siegen.

2.18

Mich erhält, was in der Sehnsucht liegt nach Liebe und Geborgenheit in wonnevollen Armen. Wer wollte leben ohne das Verständnis seiner Lage; wer wollte sicher sein, nicht wissend denn für was ? So bildet sich der Wille nach Vereinigung in allen Formen des Gesellschaftslebens, wie nach Einssein mit der Gottnatur. Beides fasst sich im Ich Bin zusammen und ist Zärtlichkeit des Himmels, ob im liebevollen Tauschen der Gefühle im Umfangen oder in der Inbrunst eines flehenden Gebets. Ich möchte Anschluss und kann diesen nur in Meiner eignen Sphäre in Perfektio finden; Ich suche ein Geschöpf - und kann ihm nur im Hinblick auf Mich selbst in ihm in Wirklichkeit begegnen.

Dann ist Liebe wie die Sternnacht wunderschön. Du gibst und gibst und bist dein eigenes Empfangen; du wendest dich dir selber zu im reinsten, reichsten Wonnesein-Bereiten und verzärtelst und vertändelst dich unsäglich sanft- und süssemütig mit der Fülle deiner Gaben. Wortelose Übereinkunft führt die Zeit des Seligseins voran und sucht nichts weiter, als die Stille des Vereintseins zu ergründen.

So verlass Ich Mich in jedem Wesen auf Mein So-Sein auch in ihm und reime Mir die Kunst des Exquisiten fugenlos zusammen zu der einen Flamme der Begeisterung am singenden und klingenden Gefühl. So linde Ich Mich finde, so zärtlich Bin Ich auch im seinsverlornen Beieinanderliegen und begrüsse jeden Hauch herzinnigen Gewärtigseins als Lebensweihegabe und Beförderung des Einsseins aller Dinge im All-Einen, das in nichts sich scheidet oder unterscheidet überall und irgendwo in Mir.

Zaghaft tastet sich der Sinn fürs Wirkliche im Menschensein ins Flechtwerk Meiner Gründe und begründet eine Schau von seinssubtiler Grösse, die Vollendetes erfühlt und Fülle anstrebt all so lang, bis sie sich als ein Wirkliches ergibt. Nur in Mir ist solche Weise statthaft und erfolgreich und die Grenzen überschreitend, die sonst alleweil die Übung ins Perverse laufen lassen und ins Sinnentleerte, Sonderliche, sonder Wahl. Geborgenheit in Mir kommt nie zu Schaden. Sie ist Essenz der Trautheit im Verborgenen und Blüte unter blauem Himmel, rechtschaffen und genügsam an sich selbst und am erlesnen Dasein, das sie sich erwählt. Vollends dem Sein verschrieben, muss Ich nicht nach anderm trachten; satt und selig wünscht Mein Seelensein nichts weite; als so licht und heiter, traulich und geschwisterlich zu bleiben, mit den Sternen als Idol und mit der Gründlichkeit des Staunens als Begleiter in durch alles Wunderbare im Allhier.

2.19

Vordergründigkeit ist wie der Schaum auf hochgeworfnen Wogen; Vorlaut-Sein bewirkt kein Echo, weil es nimmer in die Tiefe reicht, um seinsverklärt zurückzukehren. Bin Ich still, so finde Ich in Mir das All der Dinge wieder, die von Mir den Ausgang nahmen und nun Heimkehr halten, blühend oder darbend, wohlgestaltet oder abgeschunden, weis geworden oder noch dem Weistum zuzuführen, allesamt als Angebinde Meiner Dignität, die unantastbar Ist, als Sein vom Sein in allen Wirkungsgraden.
Halte Ich Mich an das Beste, das sich aus der Seinsveräußerung ergab, so ists die Anmut eines heitern Herzens, das sich absichtslos und liebvoll an die Welt verstrahlt und keine Sorge kennt als die, das Schöne, Reine, Seinsbewusste, Trauliche und Zart-Verbindende zu pflegen. «Wie gesagt, getan», ist die Parole und gewinnt allein in Mir den vollen Wert und die Bedeutung absoluter Meisterschaft im Offenbaren. Lasse Ich die Zügel los, so nehmen Meine

Pferde jede Hürde seinsgalant und ohne Abwurf wie im Spiel und als ein einig Paar mit dem, der sie zum Siege reitet. Holde Stärke ist das Ziel, das Meiner Absicht wie im Flug entgegenkommt, die weder klagt noch wütet im Erleben dessen, was sich pausenlos ereignet als Geburt und Heimkunft, Auferstehn und in die Arme der Allmutter sinken, seinsbeseligt, wunderbar.

Ich traue dem, was Ich Mir Bin im grenzenlosen Mut, den Ich betreibe und der aller Sterne Leuchten aufrecht hält im Nachtraum weit und breit, bewusste Hoheit zu bezeugen. Ich mache wahr, was weitherum die Besten nicht einmal gewahren; Ich lasse Welten blüh'n, die keiner je gesehn, Mich an Mir selber zu ergötzen und den Daseinswert zu steigern, den Ich an Mir finde und mit Sagenhaftigkeit verseh. Wie die Rose will Ich Meine Wohlgewogenheit verduften, jedem Auge in der Farbe dienstbar sein, die Freude zu gebären. Blumen des Entzückens streue Ich auf Schritt und Tritt aus einem Himmel voller Zärtlichkeit zu denen, die Mich im Gefüge des Lebendigen sehn und keiner Meiner Weisungen sich entarten.

Gut ist nun, was ausgesprochen, und voll Güte, was in Seinsgestilltheit ruht in seligem Umfangen.

Gilde der Verklärten

3.1

Grundlos ist noch nie ein Mensch gefallen in des Lebens spiegelglattem Fallenspiel. Immer mangelt es an Konzentration auf was er Ist in Meiner Gilde der Verklärten und an Schneid, den Sachverhalt zu prüfen, der ihn in die Irrung führt, damit er draus zur Reife wachse und zur vollbewussten Eintracht mit den Geistern des Gestaltens und Verwaltens über alles Dasein hin. Lässest du dich von Mir führen, trittst du sicher auf und ohne jeden Fauxpas im bereinigten Brillieren. Jeder liebt die Eleganz in deinem Umgang mit verzwickten Lebensdaten und bespricht sich über eigene mit dir. Lange schweigst du, bis du lächelnd eine Lösung vorträgst, als von Mir gegeben und als sinnvoll approbiert aus Meiner Sicht, die deine ist geworden. Treu und träf Bin Ich im Ratverteilen an die Meinen in der Observation der Dinge, die in Meiner fliessenden Allgegenwart geschehn. Streng in Sachen ungerechtem Handeln, lind im hingegebnen Liebesstrom Bin Ich der Hüter aller Angelegenheiten, sanft und schwer, verspielt und unerbittlich, weise und gediegen.

Ich behaupte Mich in zähem Recht-Erlangen, weiss die schlimmsten Schlingerwege nach dem Seinsstabilen auszurichten und der Fährnis jeden Boden zu entziehn. Das Wackere wird stets in Meine Gründe Wurzel treiben, das Desolate scheidet sich von Mir und weiss nicht ein noch aus in seinem Von-Mir-Abstand-Halten. Zufall ist nicht Meine Sache, wärmstens kann Ich das Gesetz von Anstoss und Ergebenheit empfehlen und sein Studium in allen Lebenswogenei'n.

Wer echt ist, wird in jedem Vorgang eine Hilfe finden zum Frisieren seines Schopfs, das heisst, zum Aufpolieren seines Ansehns vor den Mächten, die die Weltenlage dirigieren und goutieren, korrigieren und den Fehltritt zum gesunden Fortschritt machen in der Seinsphilosophie.

Trägst du bei zu deiner Habe, trage Ich dich in das
Buch der Würdigen ein, die kein Verhängnis mehr
umschwänzeln und sich strikt an Meine Ordnung
halten, als die einzige, die Segen bringt und
Sicherheit und Seligkeit auf hohem Pfad und Seil
und im Bewusstsein Meines Allumfangens.

3.2

Keiner Norm verpflichtet, setze Ich auf Ausser-
ordentliches in der Rennbahn der Geschlechter, die
im Leben Sinnkraft des Entfaltens und Gelegenheit
zum Aufbruch sehn. Warmen Gruss entbiete Ich den
Schnellsten unter allen, denen nichts im Wege steht,
das sie nicht seinsbehend und sicher überschreiten,
ihrem, Meinem Ziele zu. Sie wissen Kraft mit
lockendem Vertrauen zu vereinen, wagen sich an
jede Grenze und erkennen, was sie zur Vollendung
dirigiert.
Allem Leben innig zugetan, erlaube Ich, was heilt
und was dem Eilen Richtung gibt, Wahrhaftigkeit
und Inbrunst des Erlebens. Ich persönlich trage Mich
dir an, dem Dasein Weihe zu verleihen, Hochform
und Gewissenhaftigkeit in jeder Weise deines
Strebens. Eine Kunst zu machen aus jedwelcher
Geste deines tastenden Versuchens, sei dein Ziel und
ist schon Mein's seit aller Ewigkeit, die Ich Mir Bin,
konstant, vernünftig und verwegen.
Ich glitzere im Schneekristall dem Auge Fabelhaftigkeit entgegen, falle flockenleicht ins myriaden-
fältige Vermehren weissen Flaums auf Dach und
Flur, auf Baum und Hügel, einem Märchenland
Gestalt zu geben. Wandre du durch Mich in
seinsbewusster Weise des Erahnens einer abergründigen Verspieltheit, die Ich frisch und froh in Szene
setze, unbekümmert ums Lamento der Verzagten.
Was zählt, ist Freude noch an jedem Aus-sich-Gehn

der allbeherrschenden Natur, an ihrem Weben, Toben, Säuseln und Holdseligkeiten-Schaffen jeder Art in ewiger Sanftmut und Beharrlichkeit des Überlebens. Versenke dich in Mich, und mache dir ein Bild von allem, was Ich Leiste tatgedankenfreudig und noch ohne jemals im geringsten Nachzugeben. Vielbewandert und mit allen Wässerchen gewaschen, wirke Ich Mein Soll und Amen in den Teppich der Gezeiten und verlange all dasselbe auch von dir. So kommts, dass deine Stärke nur in Meiner voller Wirkung sich erfreut, dass all dein Tun am Fädchen hängt des Allbewegens, das Mein Diktum ist und Meines Hauchs Beleben. Erkannt und nicht, Ich werfe auf und lasse Mich verirren, bis die Schiffchen wieder ihren Hafen und die Gänse ihren Stall gefunden haben.

Horch, auf was dein Sehnen ist, und laufe dorthin, wo Mein Leis-Geflüstertes dich in das Wonnesein entführt in Meinen seinsgeschwisterlichen Zügen.

3.3

Es kommt wies kommen muss, mag die Parole sein der Gütiggläubigen und der Naiven, die von Seinsergebenheit und Sanftmut was verstehn. Und dabei kommt es, wie Ich will in Meinem fördernden Elan und Meiner Einsicht in die Dinge Meines Weltgebahrens. Will Ichs gut und weise, wirkt das Schicksal Meiner Absicht unbedingt entgegen, lass Ich die Ohren lampen, produziere Ich den Schlendrian, der Mir schlussendlich auch gebürt nach Strich und Faden, Schande und Hinauswurf aus den Geisteshöh'n.

Es mehren sich die Zeichen, dass Mir zwei Geschlechter sind beschieden: Eins der Bockichten und Uneinsichtigen in was Ich ihnen Bin und eines der Verklärten in die Wahrheit, Wachheit und

Erhabenheit von Meiner Art des Existierens und Erstarkens an jedwelchen Widerständen und Gefahren.

Schwierig ists, das Offensichtliche mit dem Geheimen zu verbinden, weil das Taggewissen Meine feine Stimme und Gestimmtheit überkräht und rabiat und selbstisch seine Stellung will behaupten. Wichtig macht sich, was nur Abglanz ist und Schatten, gegen Mich gehalten; trost- und klanglos schleicht dahin, was Meine Rechte schändet und sein eigenes Kalkül in Szene setzt, statt Meinem Referenz und Nachhall zu erweisen.

Mir klingt die Bitte bitter nach, die Ich so manchem auf den Weg gegeben, nach Innehalten im Gewühl und Überschauen der banausenhaften Raserei nach Seinszerstreuung und Vergnügen. Wie einfach ist es, für ein heiliges Momentchen nichts zu wollen und das Stillesein zu tun vor allem äusseren Getriebe. Da lacht der Friede dir ins Herz hinein, die Einsicht wächst in Meine Kammern der Genügsamkeit am Leben und des Seinsvertrauens, das in jeder Situation Befreiung wirkt und freudiges Erwarten eines fabelhaften Ausgangs, sei die Lage noch so kritisch und verworren.

Bezeichnend ist, was Ich mit Meinem Siegel und Gehörn verseh; zum Auferstehn berufen, was sich scheu und hoffnungsvoll in Meine Mulde schmiegt in zartem Wohlgeraten. Komm Ich dir zu Hilfe, trägst du dies davon, dass deine Sehnen sich vor Sehnsucht straffen, Meiner Wege Lauf zu gehn und Seinsbeständigkeit und Tugend an den Tag zu legen. Willfährig Bin Ich dann im Seligkeit-Verteilen und gerecht im Andersartigen, das wie die Sterne funkelt im Gewissen und Verheissung um Verheissung einlöst, sicherlich auf Tag und Stunde, auf Gedeihen und Erhöhn, wie in der magistralen Nonchalance der Sphären.

3.4

Puzzle spielen war schon immer Meines Träumens Hochfahrt und beglücktes Niedergehn. Ich füge das zu Fügende geschickt zu einem Gross- und Grösseren zusammen und gewähre Mir damit den Blick aufs Ganze, das zuerst nur in Partikelchen vorhanden war. Was glaubst du, dass geschieht, wenn man gar Myriaden Zellen seinsgewandt zusammenschiebt zu Mensch und Menschheit und dazu noch fähig ist, in jede sanft den Lebenshauch zu flössen? Ja, ein Bildnis Meines Könnens wird da vorgetragen und so kunstvoll in sich selbst bewegt, dass der Banausenblick den Schöpfer nicht mehr wahrnimmt und vermutet, alles habe sich von selbst durch Zuchtwahl und Mutieren in den besten Stand versetzt in abervielen Jahren. 0 wie töricht ists, das Äusserliche als das Wesenhafte anzusehn und dabei den Antrieb zu vergessen, der Ich Bin und der aus sich die Form und Blüte schafft, ein jeglichen Geschehns. In jedes Wandrers Herz und Sinn ist Meine Innigkeit präsent, verborgen oder offenbar, je nach der Fülle des Bewusstseins, die ihm eigen. Jeder kann, wenn er nur will, Mich in sich finden, als das Agens der Geschichte, wie das Rollen seiner Augen bis zum letzten Augenblick, wo Ich sein Körpersein zerstöre und ihn ins Oberweltliche zurückzieh, unverwüstlich, seins-gewandt, gerundet und erhaben.

Machts ein Lächeln, oder muss Ich es mit Donnergrollen sagen, dass Vernunft nur herrscht, wo Meines Mit-MirEinigseins Gebärde mit im Spiel, dass wahres Teilen sich statt ins Perfide schottet und Vereinzelte, sich an das Menschliche verteilt, ans Allnatürliche und Seinsgewaltige, das Ich Mir Bin in jeder Phase des Erstarkens und Bewährens, Redens, Schweigens und in allem Ernst-Glückseligseins in Mir.

Hast du dies begriffen, greif Ich schon nach dir, wie man nach reifen Früchten greift, ihr Süsssein zu geniessen. Wahrhaftig ist es, dass Ich Mir in dir Genuss verschaffe und Gedeihen und Potenz und liebenswürdiges An-Mir-Verschmachten, wenn die Sinne glühn und jede Regung Wonne zeugt im Aneinander-sich-Verraten. So will Ich alles, was du Bist ins Seinserquickliche und Stubenreine kehren, will in dir bedachtsam und behutsam sein, wenn du Mich nur gewähren lässest und damit dein Glück begründest in der Lässigkeit des Mit-Mir-durch-die-Welt-Spazierens.

3.5

Der Helle nicht abhold sollst du durch deine Tage schreiten des Erstaunens ob dem wunderwirkenden Geschehn, das dich umringt und das dir innewohnt im Sausen, Brausen und Gewährenlassen ohne Ende mit sovielen Wendungen wie Gedanken sind allhier. Durchs Paradeis der guten Gaben wandelst du, und ohne es zu wissen, weil dich alles andere als Meine gütevolle Gegenwart und Labung interessiert. Lispelst du voll Ehrfurcht Meinen Namen, ldisple Ich zurück und schreibe wohlgesetzte Verse in dein blankes Tagebuch. Gar zierlich ist, was Ich in dein Bedürfen trage, auserlesen Meiner Früchte Balsam für dein Herz, das immer dezidierter weiss in Meinem Sinn zu schlagen. Wachst du, wachst du Meinem Überlegensein entgegen und erfährst dich als ein Wohlbehüteter und Freudenfälliger in Mir. «Zu schön, um wahr zu sein», vermuten die Lianen, die dich niederhalten möchten; «schöner als das rauschendste der Feste», weisst du zu berichten aus der Halle reinen Wonneseins im Ruhm des Seinsvermählens. Deinem Morgen biedert sich das Kikeriki der tanzenden Geschäfte an; Mein Aufgang ist der rosenroten Stille eines Sommersonnentags im Grünen zu vergleichen. Beseligt der Azur vom Duft der ewigen Liebesnacht, der er entstiegen, und berauscht vom Zauber neuer Wonnen, die da sachte zu ihm kommen über Wald und Flur. Ihm singt der Vöglein bunte Schar die Melodei der Himmelszärtlichkeit im Wesen der Natur, der sich die Blüten öffnen und die Früchte still entgegenreifen, liebevoll, wahrhaftig und gediegen.

Sei wie Ich, und trage niemand etwas nach, es sei denn reiner Liebe süsses, sanftes Fluidum, das sich im Lächelnden verströmt und Seinsversöhnen intoniert im Gleichklang seines Willens mit den Sphären. Hiersein wie im Himmel sei dein Ziel. Wunden schliessen, Treue dem bewahren, was du Bist und dein Bewusstsein richten nach dem Lautersten und Innigsten, das dich bewegt im Dom der Andacht, den Ich Mir in dir erbaue.

3.6

Weitgeschwungnen Fluges schwebt der Milan über seines Seiens lockendem Revier, die Lebenslust zu nähren. Sowie du Bist, wirst du wie er nichts andres tun, als deinem Hang nach freiem Dich-Gestalten unbedingt zu frönen, um dem massgeschneiderten Entfalten den ersehnten letzten Schliff zu geben. Packst du immer sogleich an, was dir zu tun gegeben ist, lass Ich dir Meine Kräfte vehement und unversieglich ins Gewissen fahren, dass du leistest, was noch niemand tat und dazu Meines Lobes nicht vergissest in der Litanei der Worte, die du vor dir herschiebst, um das Grosse zu bewegen. Deinem Willen geh Ich Raum, wo immer du in dezidierter Weise vorgehst, um gewissenhaft und aufgeschlossen neue Werte zu erschaffen und Gesetztem neuen Schwung und neue Würde zu verleihen. Immer ist im

Fluss, was Ich beförd're und erhebe - und ins Untergehn begleite, um von seinem Wesen die Erfahrung abzulesen.

Was Ich tat, vergess Ich nie, ein Virtuose in der Kunst des Registrierens und Verfeinerns Meiner Angelegenheiten, bis sie makellos und zierlich, ebenmässig und gekonnt vor Meinem Blicke stehn. Unfehlbar zu sein ist einem Gott gegeben und beschliesst die Aberliste von Errungenschaften, die Vereinzeltes zusammenfasst und das Verpönte in ein Ganzes integriert, bis es schlussendlich keines Beistrichs mehr bedarf, um als vollendet und als Krone aller Grazie zu gelten.

Mich als gut verkaufen ist nicht schwer, weil Ich die Güte selber Bin und kein Malheur an das heranreicht, was Ich Mir im Übermass im Sein bewahre. Alles Kommen und Vergehn zieht als ein faszinierend Schauspiel langen Zugs an Mir vorüber und berührt Mich nur am Saum der Königsrobe, die Mein Umhang ist und Meiner Würde Zeichen. Was Ich in Mir still und stumm verbreite, ist der Lichthauch der Glückseligkeit, in dem Ich Mir das Erste und das Letzte Bin, was Ich von Meinem Wesen weiss und was Ich ewig will im Allverweilen.

3.7

Verehrung muss in Gleichheit münden in des Sehnens Munterkeit und Stärke und der Gleich-gesinntheit in des Daseins Kapriolen. Nun ziemt es sich, darauf zu achten, dass der Faden des bewussten Seinsgewahrens niemals abreisst, weil in ihm allein das wahre Menschentum als Mein Erschaffen und Gewinn zur Geltung kommt und als ein Lobgedicht auf Mein Erstrahlen.

Häuslich in Mir sein heisst, ganz genau zu wissen, welche Gnade im Erreichen einer Wachheit ohnegleichen liegt, die absolute Sicherheit des Seins gewährt und jeden Anhang eines Zweifels abstreift, wie ein würdelos gewordnes Kleid im Sonnenbaden. Meine Art, Mich zu behaupten, liegt im Augenmerken auf das Wesentliche, das Mich wie auf Flügeln trägt zum anvisierten Ziel. Keine Kraft ist mit Geplapper zu verschwenden, wenn es darum geht, in Meine Meisterschaft des Seins zu tauchen; kein Verstimmtsein ist gestattet zwischen dir und Mir in diesem reinen Harmonienspiel.

Ich dirigiere, und du nimmst den Einfluss Meiner Zeichen schweigend und gelehrig auf, um ihn in deinem Lebenswerk in jubelndes Agieren umzusetzen. Ewig heiter wirst du deiner Kreise froh in Meinem Namen und belegst den ersten Platz im Rennen um die Achtsamkeit, die dir die Völker zollen.

Mein Betrachten gleicht dem sinnenden Verstehn, das eine still gewordne Seele sänftiglich ergreift im Liebeslichte, das Ich ihr gewähre. Kummerlos geworden, weilt sie in der Gegenwart des Ewig-Guten, als in einem Fluidum von Schönheit, Trautheit, Zuversicht und wünscheloser Zartheit des Erlebens.

Hold ins Gold der Wahrheit sieht sie sich verwoben und nimmt teil am Gastmahl wunderbarer Seinsgerechtigkeit, die ihr von dannen zukommt im glückseligen Gewahren.

Alle Kränze sind von Mir, die Ich dir winde in der Einigkeit des Seins und in der Wohlgeborenheit vortrefflicher Gedanken, deren Zauber Ewiges verweht.

3.8

Erwartest du von Mir das Höchste, will Ich dirs auch gütigen Herzens geben, als der Vater aller Dinge und die Mutter der Barmherzigkeit an allem Kindlichen, das vor Mir atmet und besteht. Niemals will Ich die Hoffnung untergraben, die du hegst in seinsnaiver

Weise nach Befreiung aus den Übeln deiner Zeit und nach glückseliger Geborgenheit in Meiner Welten-wiege, ohne Harm in warmen, linden Linnen, in Geselligkeit und Liebe, nie verbrauchter Kraft und strahlender Unsterblichkeit. Du Feiner, Reiner, Unbescholtner wirst dich selber sehn, so wie du wirklich Bist, erwacht aus einem Wahn von Nichtig-keiten und erhoben in den Stand der Gloriosen, die Mir angehörig sind so sehr, dass sie des Unter-scheidens nimmermehr bedürfen.

Was andres ist das Heil, als ein begnadetes Bewusst-sein, das sich in sich selber badet als in Mir und das die Fülle anerkennt, die allem ist gegeben, was da sammeln will vom Tisch des Herrn und Seinen Gaben.

Ruhst du, lässt man dich in Ruh und schenkt dir weder Achtung noch Beachten im Vorübergang der Zeit, die Grosses will gebären. Nur dem Tätigen vertrau Ich Meiner Pläne Hochfahrt an und sammle ihn zum Heere der Gerechten, die mit Vehemenz zu Meiner Sache stehn und dem Ich Bin die Stange halten, als dem Urbild ihrer selbst und dem Ge-waltigen, das sie bewegt mit allem, was da Ist und weder Zeit verträpfelt, noch des Raums bedarf, um sich bewusterweis im Sein zu fühlen.

Ich trag dir Sonderkurse an im Schweigen vor dir selbst, damit du endlich Meines hingehauchten Worts gewärtig wirst und Meines sibyllinischen Geflüsters, das dir Bodenständigkeit und Würde stiftet, Selbstbewusstheit, Wachheit - und dich Meiner Wege kundig macht im Vorwärtsgehn. Denn Ich bereite dir, was neckt, entzückt und durstig macht nach mehr in vollen Zügen; Ich Bin dein Muss im Aufwall der Geschichte und dein glänzendes Versin-ken in Mein Reich der immerwährenden Glückselig-keit und Harmonie im Seinserleben.

3.9

Ein Kraftort Bin Ich, wo du gehst und stehst, die Szene zu beleben. Zieh weitauf die Herzenstüren, dass Ich dich durchströmen und begeistern mag mit Seinsluft, Lust und unerschöpflicher Begierde nach dem Wohllaut eines gottgefälligen Lebens. Zieh hinauf nach deinem himmlischen Jerusalem mit jedem Schritt, der dir gegeben und mit jeder ausgeheilten Wunde des Bewusstseins, die dir deine Selbstsucht schlug. Vorwärtsstürmen ist Mein Marschbefehl, neue Werte schaffen Meines köstlichen Gedankenflusses silbernes Brillieren. Kommst du endlich an, so weidet sich ein Götterheer an dem, was du errungen; hebst du deinen Arm zum Siegesgruss in der Arena, brandet dir der Beifall aller Seinsbegeisterten mit tosender Gewalt entgegen. Tränen Glücks entspringen deinem Aug, und wunderbars Erleichtern und Entspannen strömt durch deine Glieder und gebiert ein Lächeln nonchalanter Schöne deinen Zügen. Nun ist alles gut, da Ich in dir die Ernte eingemittet habe und das hoffende Trainieren sich erfüllt in überreichem Masse. Seinsgestillt darfst du durch Mein begrüntes Tor zur Siegerehrung schreiten und mit Händen greifen unter tausendfachem Jubel den Pokal. Ich glute Freude, überschwänglich, in dein Sinnen und gebärde Mich wie toll in dir, den Lobgesang des Lebens zu versprühn.

Leis verklingt dein Festliches zu einem stillen Wonne-indir-Tragen an der Welt des Werkens und Bestehns, zum innigen Bewundern der Allherrlichkeiten, die mit deinem Glücke fürbass gehn.

Das Spiel ist aus, doch schon braut sich in dir ein neues, überwältigend zusammen und versetzt dich in den Taumel frisch erstanden Elans, der alle Widerstände auslöscht, um das Eine, Feine spielend zu erreichen. Das ist Meine, Gottes Art, in dir und lässt Ideen sprudeln von unsäglicher Brillanz und

Schönheit des Erfindens, allesamt von Mir. So zauberst du, was Ich dich lehre, so verwandelst du dich vom profanen Zauberer zum Märchenprinzen in der Schau des Lebens, dem Ich alle Würze und den Glanz des Abergründigen verleih.

3.10

Verhalte dich wie ein Gesegneter vor dem Ziborium, in dem Ich Mich verborgen halte, auch in dir. Du weisst nicht, welche Müh Ich Mir bereitet habe, deinen Körper aufzubauen, bis er so vollendet war, dass er zur Stätte taugte für Mein Innewohnen, das du nun als deins empfindest in der Helle der Gedanken, die die Krönung sind des Werks am letzten Schöpfungstag. Gerade diese Helle muss dir deinen Blick verdunkeln auf das Seinsintime, das Ich Bin in dir, und muss dich zum verlornen Sohne machen, der ein lebelang versucht, das Vaterhaus zu finden, dem er seines Daseins Kraft verdankt und alle guten Gaben. Ja, und wenn du findest Mich in dir, so schliesst sich das Verlangen, stillt sich alle Sehnsucht in der einen, jubelnden Gebärde des Vereintseins mit dem Höchsten, das da Ist, und Klang und Harmonie und Seligkeit verteilt an alle, die Es wunderbarerweis gefunden haben. Nun rate du, was sich am besten dazu eignet, jeden Widerspruch in deinem Sosein aufzuheben und den Glanz am rechten Ort zu suchen, statt am eigenen zugrund zu gehn. Da hilft nur Innehalten in der Raserei des unbewussten, ruhelosen und befremdlichen Agierens, das sich durch die Völkerschaften zieht und Zwänge stiftet und Verlangen nach noch mehr und mehr und mehr. Lerne, dir dein Mass und deine Würde zu befehlen, um den Unsinn jäh zu stoppen zugunsten einer unnachahmlichen Grazie des Benehmens, die Mich einschliesst in das Doppelbürgertum, das sich als Menschengöttliches entpuppen soll im Zeitgeschehn. Wagemut kommt dir zustatten ebenso wie unerschöpfliches Gedulden am Bewusster-Werden Tag für Tag und Werk für Werk, das du vollbringst in deiner Lebensliturgie. Zurücktritt vor dir selbst lässt Meine Züge in dir auferstehn; Vernächtigung des Sinns begünstigt Meines Morgenrots Erspriessen. Kein Sollen, sondern freudiges Erringen wird es sein, was du dir auf die Fahne heftest deiner Strategie des gottgewollten Vorwärtsgehns. So einfach und so süss wird dir das Leben, wenn dein Wille Meinem sich verschwört und alle deine Zuversicht geradewegs in Meine Arme mündet, wo die Dinge wie von selber sich erlösen und die Herzenswonne sich zum Freudensturm erhebt in der Gewissenhaftigkeit des Seins und Seinem Alles-Überstrahlen.

3.11

Redlich und beweglich Bin Ich im Verhandeln und Verwandeln Meiner Angelegenheiten, als in deiner seinsstupiden Ironie, die dich noch viel zu oft befällt im Lebensrauschen. Der Gesamtsieg fällt Mir immer zu, wie dem auch sei in einzelnen Etappen: Meiner Wende zu Mir selber kann Mich nichts entziehn. Siehst du dich in Turbulenzen, geht es immer nur ums Mit-Mir-Sein-und-Meiner-Hilfe-nimmermehr-Entsagen. Boot an Boot und leidenschaftlich zielbewusst die Nase vorn, bis sie die Linie überrennt zum Einzigartigen, das sich dem Ungestüm erschliesst im Handeln.

Froh und frei sein ist im Brauhaus der Gefühle eine Tat von welterlösender Dimension, ein Wider-alle-Trends-Marschieren und ein Zu-Mir-Kommen ohne jemals wieder wegzugehn. Nichts Grösseres will Ich in dem, was Ich als Menschheit Bin, erreichen, kein sagenhafteres Geständnis Meiner Kraft ins Weltenall verwehn, als dies Bezeichnende, an dem noch alle

Wahne jämmerlich zugrunde gehn. Was ist die Hochfahrt der Geschichte, als Mein Überragen nach dem Richtmass der Unendlichkeit, was alles Spintisieren gegen Mein gebieterisches Klargesicht der Lage, die Mir zu gehorchen hat, so träg, so rasch wie Ich es will im Räsonieren. Hof der Weisheit, Rückhalt an den eignen Haaren, wo es darum geht, Profil und Mass und Rasse zu beweisen. Auf Mich angesetzt sind die Gesetze, die Ich dir verpasse als das Los und Losgelöste vom Versagen. Wider Mein Gewissen kannst du nur in Fallen tappen, die zuhauf in deiner Fährte lauern. So geh, und geh behutsam deiner Wege, seinsbeflissen und mit feinem Faden an Mein Wort gebunden, das dich ehrt und mehrt und in dich selber kehrt als in Mein Reich der hunderttausend Gnaden.

Fasziniere dich in der bewussten Schau auf was Ich dir zu bieten habe; trödle nicht, und trudle niemals auf der Zielfahrt in den Hafen des Gerechtseins allem Leben gegenüber, frank und wohldurchblutet von der Einsicht in Mein Weben und Bewegen, Meine Sanftmut, Meinen Stil und jede seinshistorische Nuance, die das Werden mit dem Sein liiert und damit mit dem grossen Amen, das Ich Bin und das Ich unerschütterlicher Weise weiterzieh.

Offen liegt dein Denken wie durch Glas, dem Unermessnen gegenüber, das uns einhüllt und vor ihm geständig macht in allen Situationen. Nichts Verborgenes hat je geschehen können in der Allbedeutung Meines Reiches, weil jedwelcher Anstoss kommt von Mir und weil Ich dessen nie verebbendes Gewirke unerbittlich registriere als in dir und allem Seinsnatürlichen.

Du schwillst in Ehrgeiz und versuchst, besonders gross herauszukommen vor der staunenden Gemeinde. Was glaubst du, was geschähe, wenn Ich dich auch nur für eine kleine Weile fallen liesse aus dem Schicksal, das in Mir sich abspielt als das deine, und dein Sein vergessen würde offen-bat Du würdest nicht mehr existieren; es müsste deine lange, lautre Bahn in einer Katastrophe enden. Niemals willst du das.

Niemals will Ich das, denn Meine Weisheit rechnet mit den Niederungen und erhöht sie zu dem Mir-Gemässen in den wunderbarsten Übungen und Fügungen, die man sich denken kann. Gezähmte Willkür schmückt Mein Haus und adelt die Geschichte als in Meinem Schoss und unter Meinem Schirm im Ungewöhnlichen. Du brauchst dich nur zu zeigen als das Herrchen über deine Angelegenheiten im Gewind der Klugheit, des Vertrauens auf Mein Dich-Erhalten und des Mittuns am erhaben-grandiosen Weltenweben. Schliesslich Bin Ich in dir wohlgestalt und schön und giesse Mich in deine Züge nach dem Mass der Seinsbescheidenheit, Behutsamkeit und Milde, die du an den Tag legst im beständigen Rumoren.

Es gescheh nach Meinem Willen, darfst du ständig wiederholen und dabei die Fülle allen Weistums und Erfüllens klar vor Augen sehn. Ich wanke nicht im Wankelmut der Gläubigen; Ich strebe Meine Ziele wie auf Schienen an und lasse Mich von keiner Neigung oder Missverständlichkeit beirren auf der Bahn.

Sie mündet zweifellos ins siebensieglige Geheimen Meiner ewigen Glückseligkeit im Reinen, Kummerlosen und Beständigen vom Aufgang Meines Seins bis ins unendlich Ferne Meines Mich-Behütens und Erwägens, Trimmens und Bestimmens, Benedeiens und Mit-namenloser-Zärtlichkeit-Versehns.

3.12

In lichter Säule ging Ich vor dem Volke Israel einher, die Wahrheit Gottes zu bezeugen. In dieselbe Lichtheit hülle Ich dich ein, sowie du Mich herabrufst in dein Ich-Bewusstsein, das Ich Bin im Einssein mit Mir selber; auch in dir. Der Gesandte ist der Sender, der Empfangende derselbe in der Schau des Seins, das sich erträgt und trägt, wo immer ein Bewusstes sich erfährt im Existieren.

Heil im Heil Bin Ich dem Schauer der Gelübde, die Mein ehernes Vermächtnis sind an Mein Mich-allerseits-Vergeben. Wie könnte Ich Mich selbst verlassen, ohne Mein BeiMir-Sein aufzugeben, das Mein grösster Schatz ist und Mein innigstes Bewahren. Hüter Meiner Brüder muss Ich sein aus ganzer Seele, ganzem Herzen, wenn Ich Mich erkenne in dem, was sie sind und was sie innig Mir bedeuten.

Von Bewusstsein zu Bewusstsein schreite Ich in Meine Höhn und helle jeden Winkel auf, in dem Ich vor Mir selber Mich verborgen hielt im Aberrieren. Freude des Erlöstseins hält Mich auf der Fahrt ins Freisein, das Ich erst nach Seinsgefangenschaft und Trübsinn recht zu schätzen weiss in Meinen Dimensionen. Alles ist Mir wie ein abermütig Spielen ohne Grenzen, dem Ich ein Bezaubern und Bezirzen abgewinne von unendlicher Gefälligkeit im wachgewordnen Götterstil.

So viel ist von Mir noch zu sagen wie Gedanken sind, die wachsen aus dem Saatgut reiner Phantasie und mehren sich und ehren sich in dem, was sie sich leichterdings besagen.

Redselig Bin Ich und zugleich unfasslich und verschwiegen für den Sachverstand, der sich am Oberflächlichen bei guter Laune halten möchte und doch immer wieder abstürzt in die Zweifelhaftigkeit und das Behaupten und Beweisen am Untauglichen, das ihm den Weg versprerrt in Meine Freie, Mein dezentes Wonnesein und das Bewusstsein des Allewigen, das Mich durchflutet und belebt.

Mitteilen ohne Mich zu teilen will Ich, was Ich Bin und was Ich Köstlich's an Mir habe. See vom See der

strahlenden Unendlichkeit Bin Ich und hülle alles ein
in namenlose Zartheit und holdseliges Genügen.

3.13

Mein Wimpel flattert wie in Frühlingslüften an der
heiligen Standerte, die Ich vor Mir hertrag durch die
Lebenswehn. Aufbruch heisst sein Zeichen, Jubel,
Jauchzen äussert er und schlägt jedwelchen Zweifel
in den Wind ob seinem Mich-Begnaden.
Man spricht so leicht von Ammenmärchen, wenn das
Sagen aus der Regel fällt und Dinge publiziert, die
Besserwisser in das Reich der Phantasie verdammen.
Nun, wer hat recht? Es sollen beide ihrer Ansicht
frönen und besehn, wohin sie kommen ihrer Art
gemäss, das Wahre zu erschliessen. Immer ist
Bewusstsein mit im Spiel, das wach und wacher
wird, geschärfter wie ein Stahl, den Kohl vom Stein
der Weisen wegzuschneiden, dass er frei und
glänzend in der Sonne Meines Seins bewundert
werden kann als Prunkstück aller Lebensgaben.
Was du dir erzählst sei lauter, redlich, nicht
verletzend und geneigt, sich allem anzugleichen, was
Ich Mir erzähle. Freien Willens sollst du forschen
nach dem Wort, das ewig gilt und das in sich das
Wahre weiterträgt durch die Äonen. Keiner Meinung
dich erschliessen sollst du, doch allein das Seinserkennen akzeptieren, das in deinem Innern aufblüht
als ein wundertätiges Idol. Ich Bin Es, das dich
erbaut und führt in Sommermittagslehren, dass du
heiter wirst und seinsgewandt und sicher in der
Ansicht deiner Güter, wie im lächelnden Vor-
aller-Welt-Bestehn.
Du bist der Taugliche, wenn nichts mehr taugt zum
Explizieren, du der Starke, wenn die Argumente
schwächlich werden für das Altgewohnte, Säuer-
lich-Verstiegene im Menschenwelttheater, das sich
vor sich selber brüstet als erhaben und fidel. Nun

schaust du es mit andern Augen an, die Ich dir
zugeeignet habe als Gesandte Meines Wehns und als
erwiesene Beraterinnen in der Kunst des Seins im
Ewig-Guten, das da wirkt und wirbt für seine Sache
Tür zu Tür und Herz zu Herzen im Vorübergehn.
Es stillt dich, was Ich Bin, in innersten Belangen und
beweist dir seine Kraft im Ewigkeitsgeflüster, das
sich wie ein roter Faden durch dein Schicksal zieht
und das dein Heil befördert und dein heiliges
Mir-Entgegengluten.

3.14

Was du immer unternimmst, sei von dem Mut
geprägt, wahrhaftig und gerecht zu sein an dir und
deiner Umwelt im Begrüssen. Mein schmuckes
Kind, vor jedem Fehltritt will Ich dich behüten durch
geziemende Ermunterung für alles Rechte, Weise
und Erfüllende in deiner Seinsphilosophie. Es soll
dir alles wohlgeraten, was du unter Meinen Fittichen
getan, der Kunst und Gunst zu ehren, die im
Menschlichen sich weiterbreiten will von Mir.
Kein Wunder soll es für dich geben, das du nicht auf
Mich beziehst und Meine Fähigkeit, vom Hinter-
gründigen zu wirken, das Mein wahrer Grund und
Boden ist für Pflanzung, Wachstum und Verwandlung ins Beständigere, Wohlbekömmlichere im
Weltenwesen. Du stehst in Meiner Güte wie ein
zierlich Bäumchen, das der Pflege noch bedarf, bis
seine Früchte volle Süsse, Saftigkeit und das Arom
von Paradiesesäpfelchen erreichen. Ja, dann Bist du,
reif und reich und schön und wie der Tau, der von
der Sonne gern beglückt wird, Wonne zu verbreiten.
Einzig Bist du immer, wo es Mir gelingt, den Sinn
aus dir herauszuschlagen, wie den Funken aus dem
Stein, dass alles hell wird, was du anrührst und
bezaubernd seinsgediegen. Nicht mit Goldschrot
aufzuwiegen ist, was Ich in dir in Szene setze vor der

Morgenröte, die dich sachte aus dem Schlummer zieht, dem du verfallen. Unvergleichlich ist die Melodienleichtigkeit, in der du dich versingst in Meinem Namen und um ihn darin zu verehren als das Würdige an sich, geehrt zu werden. In jeder Geste frisch Bin Ich, die Ich Mir zubereitet habe. Nichts Klonerisches hat sich je aus Mir vertan, hinauf, hinunter bis zu jedem Flöckchen Schnee, das sich zu Neuem formt in unversieglichem Vergnügen. Nun rate, was dich schafft zu solcher Vielgewandtheit, solcher Ziselierung und Bewusstheit in des Lebens Überragen? Was Ich wende, findet auch sein Ende als in Mir und Meiner Weise, Anmut, Schönheit, Liebenswürdigkeit und Wonne zu verbreiten, wie Gewissheit, dass das Sein von Milde, Mitgefühl, Barmherzigkeit und Güte überströmt, die Seinen in den Stand der Gnade zu versetzen.

3.15

Alleweil gesichert scheint, was Wissenschaftliche gefunden und gefeiert haben als den letzten Schrei im kunterbunten Wahrheit-Rufen. Das ist wirklich wunder-bar und hilfreich und befördert einer Menschheit Vorwärtsschreiten in markanter Weise, wohlgefällig und gediegen. Nur sollte man bedenken, dass ein himmelweiter Unterschied besteht darin, ob man ein Forschungsobjekt in seiner Funktion versteht und ob man fähig ist, es zu erschaffen. Dass es sich selber schaffte anzunehmen, ist dem klargesichtigen Denken ein kompletter Unsinn, den das Egolein erfunden hat, um vor sich selber besser dazustehn.
Hingegen waltet das Ich Bin in eignet Resonanz des SichVergütens und Behütens als die Wahrheit, die von keiner andern überspielt und überboten werden kann. Es lächelt, wo noch all so viele auf ihr Weis-

heitsränzlein pochen und dem Nimbus frönen, gut zu sein in ihrer Stellung und Gewissenhaftigkeit im Rätselraten.

Bin Ich Es, so kann ein Schauder Mich erfüllen, tief unten, wo noch die Gerüchte und Gerüche brodeln von Vergänglichkeit und Moder an Mir selbst, die wie ein Abfall und ein Kindchenhaftes Mir erscheinen. Doch hier Bin Ich das Hohe auf dem höchsten Thron und leide weder an Begrenztheit noch an Überheblichkeit in Meinem Mich-Empfinden. Der Tod ist tot in Mir, und immerfort lebendiges Leben ist die Würde und die Bürde Meines In-Mir-selber-Existierens. Hast du jemals etwas ähnliches gesehn wie dieses Sein im Sein, das alles gut macht, was vordem gespinsthaft und gespensterhaft das Menschenhirn durchflackerte und es zur Furcht betörte vor sich selber in des ewigen Vermutens Spiel. Nun weiss Ich und kann dieses Wissen nimmer von Mir weisen. Der Gestaltende vergräbt sich nicht vor seinen Argumenten und beschützt sich selber in der Klare des Bewusstseins von den Rechten, die ihm innewohnen. Gut bei Kasse ist er, wenn es darum geht, die Phantasie zu finanzieren und den Raumfall mit harmonischen Gebilden zu erfüllen, die sich allesamt als Es und seines Abbilds Wohlgewogenheit erweisen. Wie der Vater so der Sohn in Meinen Gauen; wie der Ruf das Echo aus den Schlünden der Unendlichkeit in Meinem Mich-Begründen, wie im Zauberflötenton der Einheit, den Ich virulent und selig durch die Wesenswelten zieh.

3.16

Barfüsser sind auch Büsser in der Ansicht der modernen Würdenträger, die in zierlichen Pantöffelchen den Kreislauf ihrer Wege gehn. Das heisst, ein einfach Leben scheint den Komplizierten Weh und Ach zu sein und ohne, dass sie merken, welch' inneren Reichtum es verwirklicht in beneidenswert von Mir erfüllten Tagen.

Das Vermuten ist nicht eben schön und geht allzuoft daneben, dass wirs besser bleiben lassen in der laufenden Geschichte vor den Augen des erhabnen Merkers im Gemüt. Alles Noch-nicht-Ausgereifte zerrt uns hin und her und verursacht Abdrift vom Beständigen und Dezidierten, das Mich Mir entgegenführt in deinem Durch-die-Welt-Spazieren. Blank und bissig Bin Ich, wo es darum geht, Mein Wertsystem zu etablieren und der Seinsgerechtigkeit zum Siege zu verhelfen. Solange bist du nur ein Schatten deiner selbst, wie du den Aufschlag deiner Lider noch zum ewigen Gefährten meidest, der Ich Bin in dir und der dein Weltverständnis aufhebt in die Höhen des Beschauens und Vertrauens, der Genügsamkeit und der subtilen Kunst des Stilleseins in wohlgemessnen Raten.

Abstand von der Brandung trifft ins Schwarze dessen, was Ich anvisiere. Seinskonstanz erklärt die Dinge «ä la mode du patron», der Ich Bin und der kein Füsschen je danebensetzt im hohen Seiltanz, den Ich vor der Menge zelebriere.

Wanderst du noch her und hin, so Bin Ich dir ein Tröstender im Tragen, ein Getreuer in der Not und ein Bewahrer vor dem Monstruösen, das da lauert um dich her.

Durchs Band verbunden, nur getrennt durch eine fein gezogene Bewusstseinshülle Bin Ich dir der Hüter der Barmherzigkeit an deinem Weben, Streben und Verwirklichen der Lebensstrategie, auf die du dich verschworen. Das Öl Bin Ich im knirschenden Getriebe, jedes Körnchen Unrats wegzuschwemmen, bis die Dinge wieder sich zu deinen Gunsten drehn. Ich glätte, ziehe Gräben, schreie und verstumme nach Bedarf, um Meine Ansicht, Weisheit und Gekonntheit durchzusetzen in der Menschensphäre, allem Widersinn zum Trotz und mit dem Blick auf seligmachende Äonen des Gedeihens und Verwandelns, Keimens und Vergehns im Einen, das Ich Bin und das Ich rein und zart erhalte in der Weiselosigkeit des Seins und des Bewusstseins, eingeboren.

3.17

Auferweckung feiern darfst du in den Augenblicken deines Klar-Erkennens, was du Bist und was dich immerzu erwartet in des Lebens figalantem Wehn. Schlummers, Schummers Ende weitet deinen Sinn ins Gegenwärtige der Göttersphären, die dein Erbe sind und Anspruch aus vergangner Zeit, aus der du bist herausgefallen, um dich selbst zu werden in bewusster Eigenständigkeit als Mittelpunkt der Mikro-Welt, in die du dich hineinbegeben. Überhell im Tagwerk und dem Sein entschlafen, bist du nun im Illusorischen gefangen allsolange, bis dein Schauen dir dein Göttliches zurückgibt, dass du ganz dich fühlst in dir und Mir und Ich Mich ganz in dir erfühle. Nun weisst du, was dir frommt in deinen Hochzeitstagen, wo die Schleier vor dem Seinsbewusstsein fallen und du dem Unendlichen dich vermählst mit Pauken, Zimbeln und Trompeten, in einem Freudenfest von unerhörter Dichte des Gewahrens Meiner Herrlichkeit in dir. Bist du das Bräutchen, Ich der Bräutigam, geliebte Seele, avancieren wir zum Musterpaar vor einer Welt der Fische, die uns stumm beglotzen und nicht wissen, was es heisst, die Himmelsanmut zu erleben und das Wonnesein in paradiesischer Gelöstheit, Heiterkeit und Harmonie. Der Herzensruh erschlossen, weisst du dich im Klaren, Heilen einer Welt von spielerischer Leichtigkeit und liebevollem Dich-mit-Glück-Begaben. Wohlgeordnet liegt dir alles vor dem Sinnkreis, den du dir erworben und bewegst dich nach urewigen Gesetzen, die dir Standrecht im Ich Bin gewähren. Lauterkeit und Tugend führen dich zu dem, was dir bereitet ist im Wunderbaren; Meiner Heilkunst Gaben schärfen dein Bewusstsein, dass es Mich in dir erkennt und Meines Handelns Bote wird in weltlichen Belangen.

Zum Herold Meiner Güte auserkoren, endest du den Bann und redest freien Atems von dem Menschen-göttertum, das allen ist erlesen als Idol der Seins-gewissenhaftigkeit und des dezenten Nach-Mir-Strebens.

Geh in deiner Mitte straks zu Mir ins Seinsvollenden und in eine See glückseliger Lichtheit wunderbar.

3.18

Nicht in Meinem Namen sollst du etwas tun, solang du Mich nicht kennst, denn Unbekanntes mag dir keine Gnade senden. Lerne, dich zu kennen in der Zeitennot und buchstabiere die Erkenntnis vor dich hin, dass alle, was sie sind, dem Rauschen eines einzigen Quellenmunds verdanken.

Gar wenig braucht es, um dies einzusehn - unendlich viel, um darnach auch zu handeln und Gelüsten niedrer Art nicht stattzugeben. Was dir nottut, ist ein feiner, roter Faden von Vertraulichkeit zu Mir, der dir den Weg der Wege weist und dich im tiefsten Unverständnis trefflich lässt gedeihen. Schweige du und warte, werte nicht und lasse Mich Mein Werk in dir vollbringen. Dann schreit'st du voller Grazie voran, im Wissen um das Eine, das sich wohlgefällig in der Meistertat vor dir verbreitet und Geschick-lichkeit mit Anmut paart im ausgefaserten Agieren.

Nun denn, so sei Mein eigen und Mich selbst in vollem Hingegebensein an was Ich Bin und was Ich in dir zur vollkommnen Blüte treibe. Wache auf in Mir, und wecke damit eine Geisterschar, die dich mit Heldenkraft umringt und dir die Pfade ebnet für dein glorioses Einziehn in die Herrlichkeit des Herrn, als in das Schauen deiner Würde, Unbestechlichkeit, Wahrhaftigkeit und Wonne des Befindens.

Trägst du dich in Meinem Sinn voran, so kann Ich dich auf Flügeln der Gottseligkeit in Meine Himmel tragen; säst du Güte aus, so wirst du von Mir Allgerechtigkeit und Weisheit ernten. Spross um Spross setz Ich an deinem Stamme an, im Mass der Zuversicht, die du lässt walten; Tritte setz Ich vor dich hin, die im Besteigen deinem Blicke unerschöpflich neue Weiten offenbaren.

Ich Bin es, der dich, eignen Namens, überkommt und dich befähigt, Tau zu sein im Sommermorgen, Flötenlieblichkeit in heller Mittagsruh und Freude des Geniessens, wenn die Dämmerstunde über Feld und Auen fliesst in unnachahmlichem Befrieden.

Kommt, was kommt, so Bin Ich Mein Erfüllens fabelhaftes Raunen; geh Ich, geh Ich in die Wonne Meines alldurchdringenden Elans.

3.19

Abt und Krummstab Bin Ich Mir in der Novelle vom begütigenden Hirten, der den Frieden in der Welt errichtet und die Lämmer des Vertrauens sammelt um sich her. Nichts und niemand kann sich Mir entziehn, weil Ich allem innewohne als Besiegler der Lebendigkeit, als Lord der guten Taten und geheimnisvoller Strahl von Schönheit, Seinswahrhaftigkeit und reinem Mich-Vergluten.

Ich trage vor, was viele nicht ertragen, weil ihr Sinn zu sehr am Weltengüterlichen haftet und Verstand allein nicht fähig ist, den Weltbau zu durchdringen.

Folge deinem Pfad, kann Ich nur sagen, denn er führt im Schoss der Weisheit unbedingt zu Mir, nur dass du seine Länge und Verbindlichkeit belastest oder Leichte ihr verleihst in wunderbarem Eingehn auf das Schicksal, das Ich dir nach deines Willens Aberlust beschieden.

So wogt die Seinsgestimmtheit her und hin nach Meinem Mich-Ermessen an der Welt und an Mir selbst in grandiosem Über-Mich-Verfügen. Identisch bleib Ich immer mit dem Einen, das Ich Bin und das Bezauberndes gebiert und wieder auslöscht nach Belieben. Ewig heil und heilig Bin Ich Mir das Pfand der gleitenden Glückseligkeit in allen Himmeln und der Hauch der Andacht vor der eignen Grösse, die sich Mir im Seinsunendlichen erschliesst. Ich Bin, was immer Ich Mir zugemutet habe: Wirklich vor dem Wirklichen und traulich vor der Traulichkeit des ersten Liebespaars.

In dir und allem will Ich Meiner Schöne würdig Mich erweisen, will im Ausgehn schon den rauschenden Triumph des Wiederkehrens feiern in Mein Heiligtum, das, lind von Zartheit und Gefälligkeit, mein Ein und Alles ist, die Hochburg Meines Handelns und der Tempel Meines Ruhns.

Das höchste Selbstentsagen Bin Ich und damit der Seins-gewinn der Sphären, sternverwandt und wieder Meines Seelenauges Hüter im intimsten Selbstbesinnen, das Ich Meinem Wonnesein verleih im Schoss des Unergründlichen, das Ich zur ewigen Wohnstatt auserkoren.

Augenmass für's Treffliche

4.1

Pari geboten dem Gefecht der Zeit hat, wer Mich
kennt und anerkennt als das Gefürchtet und Geliebte,
das Beständigkeit im Wandel, Hohheit in den Niederungen und Gewissenhaftigkeit im Wanken darstellt überall und ganz besonders in des Menschen-
herzens Heiligtum, das Ich verwalte nach dem Mass
der Selbstzucht, die du übst und nach dem Mich-
Gewährenlassen in des Lebens grandioser Lotterie.
Es scheiden sich die Geister an dem Stein, wo Meine
Meilenzahl beginnt und jede andere ins Jenseits führt
von gottgewollten Taten. Ich allein Bin, approbiert
von eignen Gnaden, der Gelenkige und Wendige im
Wetterwehn, der Siegessichere im Wählen des
Gerechten und der Strahlende im Wettgeläuf um
Klarheit und Wahrhaftigkeit im Seinsumrunden.
Billig bin Ich nicht zu haben, wenn du eintrittst in
den Dom der Sehnsucht nach Erkenntnis dessen, was
du Bist in dir, in Mir und in der Welt des Andersartigen als dirs gefällt in deiner Zimmerei, wo Holz
um Holze dir entgegensteht und Astiges gefühlvoll
will umgangen werden. Eine Lehre an dir selbst ist
zu bezeugen, ein Augenmass fürs Treffliche und
Seinsgefällige zu entfalten, das dich Meiner Wege
fürbass führt und tunlichst Kraut von Rüben weiss zu
unterscheiden.
Stech Ich in die Probe, muss ein jedes Exemplar
Vollendung, Schöngeformtheit und die Grazie des
Himmels in sich tragen, dass es Mein Gefallen findet
und zum Kreis der Auserwählten wird hinzugetan.
Es mehrt sich Mein Erwecken und Entdecken
immerdar im Siegeszug der Weisheit, der die Welt
durchwogt und Mein Bewusstsein etabliert von Fall
zu Fall, in dem die Dinge sind zu Meiner Höh gestiegen.
Wandle dich, und wisse, dass dein Wandel Meine
Züge in dich prägt, bis du die Münze bist, allein dem
König zu gehören. Formung strebt nach Mir, vom

innern Bild getragen. Reinheit stösst die Schlacke aus und macht sich transparent für was Ich Bin in aller Anmut des Gedeihens und der Zuversichtlichkeit des Werdens auf ein wunderbar erstrebenswertes Ziel. Sei Mein Bote der Beständigkeit, und meistre, was dir frommt zur Wonne des unendlichen Genügens.

4.2

Nun denn, ein jeder Anfang findet auch sein Ziel, ein' jede Stärke ihren Partner, sich zu messen und ein jeder Himmel seine Erde, um an ihr ins noch Vollendetere einzugehn. Es ist ein Rundlauf ohnegleichen, der Gewalten weckt und neckt und dessen Ich Mich schäme, wo Ich ihn nicht zähme und hinan, hinüber und zum Besseren führe aus der Lauterkeit der Herzen, die Mein Ein und Alles sind im Weltenideal. Was Ich fördre, fördert einen Schatz von Weisheit, Weitsicht und Gediegenheit zutage, der Geringstem Wert verleiht von nie verebbender Prägnanz im Welt-bedeuten und das wahrhaft Grosse weit voranstellt als ein unerbittlich Ziel.
Wie Bin Ich doch in Sorge um dein Wohl und rette dich und bette dich ins Schweigen vieler Nächte, dass Ich dich in Meiner Zartheit und Bewusstheit bade, um des hellen Fortschritts willen, der Mir immer im Gemüte steht und allem Werdenden den Klang verleiht von Herdenglocken, die zu Meinen ewig grünen Weiden ziehn. Geliebte Meiner Treu sind alle, die da weben, streben und erbeben nach Gerechtigkeit im Handeln und Verstehn und die sich solcherart in Mein Gesetz begeben von Natürlichkeit und Harmonie in allen seinslebendigen Belangen.
Barhaupt steh vor Meinem Strahl, dass Ich dich fasse ins Gesicht der Tage und dich moduliere nach dem Sinn des Ewigen, das sich in unsagbarer Grazie ans Weltliche verspielt und weder Scheu noch Scham

kennt, wenn es darum geht, vollkommne Schönheit darzustellen in der Klare des gesegneten Moments, der alles gibt und allem Würde und Erhabenheit verleiht in Meinem überwältigenden Schauen. Letzte Dinge sind: Bewusstheit, Duldsamkeit und Wonne reinen Seins in vollen Zügen, die Mir eigen sind und die Ich aller Welt verleihe, wo sie der Vernünftelei entsagt und warmen, grossen Schrittes auf Mich zugeht aus der Innigkeit des Herzens und der Heiterkeit, die aus der Losgelöstheit sich ergibt und aus der Traulichkeit mit Mir im Andersartigen. Ich lebe, was Ich stets erstrebe und bewege Mich in reiner Glut des Absoluten, die Erfüllen ins Verheissen schmilzt und vielgeduldigen Elan ins gnadenvolle Sein im Seligen, das aller Schritte Ende ist und allen Schreitens wunderbar besänftigendes Ziel.

4.3

Gewinnend lächeln kann nur der Befreite von der Not des Lebenmüssens nach dem Zeitgefühl. Er schenkt sich ein aus Meiner Fülle des Vergiessens, trinkt und trinkt und räkelt sich im siebenzarten Wohlgefühl, das Ich in ihm Mir selbst verleihe. Gewährnis des Unendlichen ist seines Seiens Krone im erreichten Königtum von reiner Allegrie; Verständnis seiner selbst sein Hauptwerk in der Flut des Werkens, die ihn lebelang dahingetragen. Apostel darf er sein, verkündigend das Evangelium der Seelenstärke, die verkraftet, was uns frommt und heimholt, was uns schon verloren schien im Weltentosen. Hüten darf er seiner Schätze Vielzahl als ein kluger Pfleger transzendenter Gaben, deren Zustrom für ihn fasslich wurde und verbindend hier und dort zu einer Einheit des Gewahrens. Aus fahlen Grüften stieg er auf zur Schau von Panoramen des Entzückens, weit und breit gestaffelt, sich verlierend ins Unendliche, dem er sich nun dahingibt, liebevoll und wahrso wie der Aar dem Himmelblauen sich entgegenschwingt, verliebt in seinen Flug und sein bezauberndes Spiralen. Was Ich dir damit verheisse, will sich unbedingt in deiner Mitte etablieren als der Pol des Anstands an dir selbst im trüg'rischen Getriebe, als die hohe Warte der Holdseligkeit, von deren Stand du Milde und Gefälligkeit verbreitest, Sicherheit und tiefgefasstes Wohl. Dann ist Mein Rat wie Himmelstau in dich geflossen und hat dich genährt mit Weistum Meiner Art, ob dem dich keines Drängens Wucht vermag aus deiner Bahn zu werfen des Erhabenseins in Meinen Gründen.

Errate dich - und du wirst Mich erraten in des Soseins Eigentümlichkeit, so linde wie ein leisgeflüstertes Gebet, so mächtig wie der Sternkreis im äonenlangen Sich-Verstrahlen. Nimm und gib und weiche nicht von Meiner Stfategie des Allerbarmens, die noch das Geringste in sich schliesst als Teil vom Einen und Arom des Seinsgeschwisterlichen, das Ich in die Menschenherzlichkeit verweb.

4.4

Zum Sein geboren ins historische Gepränge Bin Ich auch in dir und zum Geborgensein in Meinen lichten Gründen. Anschluss find Ich an Mein Eigensein in jeder wohldurchdachten Geste des Gewinnens neuer Einsicht, in der Mehrung Meiner Mensch- und Gottgefälligkeit, wie im Behaupten dessen, was Ich Mir als Ziel und Zeichen des Entfaltens feierlich beschwor.

Niemals bricht die Bahn des Fortschritts, wenn sie Meinen Sinnes Täler, Schluchten, Dickichte, wie Bergeshöhn durchfährt; keine Bürde kann Mich hindern, Meinen Weglauf bis zur glückerfüllten Endlichkeit zu gehn. Was Ich Mir verspreche, hält sich strikt und straff an Meine Regel des Erfüllens aller Bodenständigkeiten; was Ich aufheb, lass Ich nimmer fallen ins Bewusstseinsleere, dem ich es entzog. Sag nun an, ob du nicht doch Gefallen findest an der Weise, wie Ich Meines Könnens Mich bediene, um gerecht zu sein, glückselig und erfüllt vom Adel des Gelingens, der Mich mild umstrahlt und der Mir Heimstatt ist und Hort im Freudeklingen.

So zu sein wie niemand noch zuvor, ist Meine Gabe ans Unendliche, das Ich Mir Bin und dem Ich, fürstlichen Geblüts, entsteige. Neureich, altreich Bin Ich, um es ganz modern zu sagen und erwarte, dass sich Meinem Willen alles beugt, Mich eingeschlossen, einem Werk zulieb, das alles übersteigt, was bisher war und das noch in den reinsten, höchsten Höhn kein Ende findet des begeisternden Nochweiter-ins-Unendliche-Strebens.

Eile, weile in Mir so, wie Ich es für dich vorgesehen habe. Füge dich in Meine Seinsstruktur, und sei Mein Fall in jeder Weise deines Ausbruchs aus der Enge des Zuviel in Meine Einfachheit des Seinsgewissens und der seligen Eigenbrötelei, der Ich obliege. Sieg ist immer ein Mich-unbedingt-Bescheiden-an-Mir-selbst; Trefflichkeit des Ahnens eine Sicht im Meistersinne auf das Ungeteilte, das Ich Bin und dessen Ich Mich von den Enden Meines Alls zu seinen Mitten unaufhörlich, glanzvoll, glorios und unbestritten rühme.

4.5

So seis und so gestalte sich, was immer sich gestalten will im Sinn der Evolutionenträchtigkeit, die Ich Mir zugesprochen habe. Leid wird Licht und das Lamento zur Laudatio auf was Ich schaffend Mir erschuf an wohlgestaltetem Gefüge. Das Namenlose trat aus sich hervor als Fülle des Vereinens seiner Wirksamkeiten, um im Allwerk sich in seiner Glorie zu besehn. Sein' Webens Fortgang ist so flink wie Wieselwendigkeit und zugleich so getragen, als würden die Äonen stille stehn. Seine Absicht kann kein Sterblicher erraten.

So taut, was tauen will in ewiger Unbekümmertheit und Grazie vor sich hin; das Seinsgeduldige siegt, derweil das Ledernackige auf jeden Fall muss unterliegen. Dörfchen-haft ist Mir die Welt in ihren Ambitionen, ruhlos und verbissen vieles, was in ihr besteht; doch weht ein Wandel durch ihr Grauen als von Mir und fördert Läuterung und Strahlen. Im Schein der Abendsonne streift ein kühlend Lüftchen um Mich her, bereitend Linderung und Labsal Mir auf Meinen Gängen. Heilend geht der Liebe Trost durch das Gefälle grosser Zeiten und vereint das Brüchige zur einen, wunderbaren Seinsskulptur, die jeden Zweifel tilgt in hehrem Überragen.

Begreifst du, was da steht und geht, so greifst du schon ins Räderwerk der Sterne, dem Ich vorsteh als in allem wie in dir und das Gewinn, Verlust und wieder strahlenden Triumph bedeutet in der Wogenei der Millionen. Wogst du mit, so bist du eine von den Prallen im bewegten Sommerfeld der Ären, die von Trautheit mit dem Ewigen was verstehn und ihre Tage nutzen, um sich Kraft zu sammeln für ein einiges Ans-Unendliche-sich-Vergeben.

Bist du so, so Bin Ich der Gefährte deiner Spur, Bin deiner Leidenschaft Gesumse und der Friede deines Stillseins in Meinen Gärten, die die Schwelle sind zum heiteren Elysium der hellsten Träume und der wahrsten Wirklichkeit, die Ist in Mir und Meinem Mich-Beleben.

4.6

Tragfähig ist, was sich nicht hinwirft für den Vorwurf eines Pappenstils; auf dich gemünzt heisst das, du sollst dich Meines Tragwerks königlich bedienen, um ein Leuchtender zu sein in Sturm und Tosen, ein Gebieter deiner Lüste und ein Ja-Wort zur Vermählung mit dem Allerhöchsten, das da ruht und wirkt in dir.

Deinem Stand gemäss sollst du dich auch verhalten; deine Sehnsucht pflegen nach dem Runden, Seinsvollendeten und sie erfüllen in der grossen, freien Tat vor Meinem Augesichte und den Scharen Meiner Diener, die dich mild und hilfsbereit umschweben. Lass es zu, dass Meine Hilfe dein Geschick bestimmt zum Guten; leiste dir den Einfall Meiner Huld, die aller Anfang ist des wahren Freudeseins und des dezenten Wohlgenügens.

Du schwärmst für vieles und weisst doch bei weitem nicht, für was du deine Kräfte in den Alltag stemmen sollst, wenn du nicht Meiner dich erinnerst in dem übermächtigen Spiel. Ich Bin und Bin dein Standpunkt allsogleich, wie deiner wankt und alle Werte dir im Nu entgleiten. Nebenbei bemerkt sind alle deine Werte doch von Mir, soviel du auch auf deinem Eigentum beharrst und deinen Eigentümlichkeiten.

Bar jeden Zunders sollst du sie im Aug behalten und voll Weisheit sie vermehren, statt sie zu verheizen im Geplänkel der verlockenden Gelegenheiten. Alles Wahre rüttelt am Gemüt und will sich in die Zeit entladen als von Mir gegeben und betont. Du Schlauer meinst, vom Antlitz Gottes wegzuschleichen sei ein Ziel. Wie eitel doch und wie verstiegen. Das Bewusstsein schärfen für die Dinge Meiner Ewigkeit bereitet Seinsvergnügen und Genügen an dir selbst, als einer Tugend der Wahrhaftigkeit und des wahrhaftigen Strebens.

Nicht in Lauheit sollst du enden, sondern in der Feuerherzensglut, die dich befähigt und beseelt zu ausserordentlich gesetzten Taten. Wie die Rose sollst du aufblühn, wie die Hyazinthe duften im Gemach der Union mit Meiner allbegabenden Natur und Meiner Schöne. Partner sollst du sein und Gut von Meiner Güte, Strahl von Meiner strahlenden Präsenz und allverzeihend, wo die Triebe sich zum Lichte recken, leis und zart, lebendig und für immer lebensfroh.

4.7

Aufwall reiner Güte im Gemüt soll sich zu allen Seinsbedrängten wenden, die nicht wissen wo hinaus, wohin. Es mehren sich die Zeichen, dass im Feld der drängendsten Gefahr der reinste Glaube aufbricht nach Erlösung wunderbarerweis wie aus dem Nichts erschienen. Und dann öffnet sich ein Tor, durch das du eintrittst in den Freudensaal des Noch-einmal-Davongekommenseins; gerettet bist du, heil und hellen Geistes und voll Dankes für die Fügung in der grossen Fuge Gottes, die so vieles dich gelehrt.

Was glaubst du, dass du wärest, wenn Ich deine Schrecken nicht in Ruhe kehrte, als ein Pol der Sicherheit und des Gewährens unbedingter Hoffnung auf ein fabelhaftes Ziel? Hast du die Allmacht des Allmächtigen noch nie verspürt, als Folge deines Seinsvertrauens und Bewältigens der Prüfung, die dir auferlegt? Ein Schritt von dir und zehn von Mir, heisst die Parole. Achte drauf, und presche dich voran, als Held des festgefügten Mut, der galoppierenden Gerechtigkeit und des gezückten Schwerts der Weisheit, Meiner zugetan.

Scheu im Reden, mustergültig in der Tat Bin Ich in deinen Gauen und bewege alles nach dem Mass der Einsicht ins unendliche Gefüge, das Ich punktgenau erkenne als das grosse Wohl. Ich Bin der Labsal Seim, darf Ich hier sagen, Bin der losgebrochne Stein der funkelnden Magie und aller Werte Wert als

Eines, das nicht zählt, noch rechtet, weder stumm ist, noch plagiert und das in seiner Einfalt alles fasst, was Ist und was daraus will werden. Trubel kommt Mir eben recht, um darein Ordnung, Wohllaut und Gediegenheit zu giessen. Fehlerhaftes lehrt Mich, noch perfekter, seinsgeduldiger und gütiger zu agieren; Bin Ich doch Mir selbst Gewebe und Gewähr für alles, was geschieht und freudiger Erwarter des Vollendens Meiner allbedeutenden Impulse - vor Mir her. Geschehn geschieht, und Sein sieht sich derweil in absoluter Weiselosigkeit als Hüter seiner selbst und als Glückseligkeit an sich in einer allumfassenden Gebärde des Sichselbst-Verstehns. Mein ist, was Ich nie verschütte und was zahlenlos das Ungezählte meint im Wohllaut des Addierens Meiner Wonne und des siebenfältig zart gestimmten, friedevollen Im-Geheimnis-Meiner-selbst-Beruhns.

4.8

Was Ich von dir will, sind kindlich reiner Glaube an den Sinn der Dinge und Gegebenheiten, wie erhabene Geduld und Güte des Vollbringens deiner Seinsbesonderheiten. Du Bist, wenn Ich in dir zum Durchbruch komme, wenn deine Welt mit Meiner deckungsgleich und einig ist in wunderbarem Seinsbewegen. Erhalte dich in jedem Fall im Guten, und erweise dich als Träger Meiner Flamme der Gediegenheit im Handeln und der Herzenswonne ob dem seinsgerechten Tun. Es schwillt dein Glaube himmelan mit jeder Geste des Vertrauens, die du zu Mir wendest; es leuchten dir die Lebensdinge als erlöst und seinsgelöst entgegen allsobald, wie du gewissenhaft und treu dich Meiner Schöpferkraft bedienst, um Punkt für Punkt in deinem Soll zur fabelhaften Einigkeit zu fügen.

Ritterlich und mit Bedacht geh vor, um das Gesetz der Seinsgeduld nicht zu verletzen: Nicht zu tadeln, sondern zu befördern und zu tolerieren sei dein Ziel. Bist du umschwärmt, so geh, als wärs nicht dir gemeint, am allgemeinen Lob vorüber; vergisst man dich, so wisse, dass Ich deiner nie vergessen werde in der Spanne Zeit, wo du Mir sanft entglitten bist, um deiner Prüfung und Bewährung willen.

Noch vor dem Morgenrot des neuen Seins, in das du sehnlich bist gerufen, weht dir Meiner Zartheit Hauch allmütterlich entgegen und beschwichtigt deine Bange am Verlust der leiblichen Prozesse mit der Einsicht, dass sie wie ein Bild im Seinsgewissen still vorübergehn und nicht imstande sind, dich anzutasten als das Seiende und Unverwüstliche von Meiner Kompetenz und Meinen Gnaden.

Gewohnt zu wirken, Bin Ichs auch zu ruhn. Es walten grosse Glücksmomente in der Schau auf ein erhaben Werk, das Ich vollbracht in Meinen Niederungen und zugleich in Meinen lichten Höhn. Was tunlich ist, das habe Ich getan und lass Mich nun vom Wind der Seinsgelassenheit verwöhnen.

Zukunftsblicke stell Ich ein, derweil die Lust am stillen Da-Sein Mich beseligt und ins Seinselysische erhebt.

4.9

Triumph des Herzschlags über alle Widerwärtigkeiten. Freiraum schaffendes Gemüt am Rand des Abergründigen in schöpferischer Kompetenz und unbestechlichem Beharren auf der Grundidee. Besiegt der Kleinmut und mobil gemacht die Kräfte überragenden Vertrauens in ein hocherhabnes Leitsystem, das alles vorsieht, was zu tun ist und Gewährnis schafft für das bewundernswürdigste Gelingen.

Wegbereiter Bin Ich solcher Tugend; tatenfreudiger

Begleiter Meiner Treuen auf der Herrenfahrt durch Steppen, Stürme, schwierige Passagen und Durchtriebenheiten. Machbar ist Mir alles und in Seinsperfectum noch dazu. In liebevollem Sachbezug befehl Ich Vorwärtsstürmen oder Einhalt nach Notwendigkeit und richtigem Beglaubigen der Situation. Subtil, behutsam und energisch zugleich führ Ich das Vollstrecken Meines Urteils an und zögre nicht, ein Fehlerhaftes neu zu formulieren. In der Glorie des Selbstgefühls gelingt Mir alles, was Ich Mir als Pflicht und Richtung zugemutet habe. Herzlichkeit des Seinserfahrens ist dabei Mein Stil; Gewissenhaftigkeit im Planen und Gediegenheit des Ausgangs Meines Könnens Zeichen. Mittler sein ist Meinem Sinnen eingeboren; rasantes, überlegenes Dazwischentreten - Meines Reagierens Nützlichkeit in allen Operationen

Nun komm, und tu dergleichen unbedingt in deinen Lebensschauern, dass die Wende sich ergebe auf ein neues, sagenhaftes Ziel. Ich trage dich von dannen, wenn du dich Mir anschmiegst; Ich gestatte dir, ein Meister deines Fachs zu sein, sowie du Mir die Schleusen des Begiessens überlässest mit Bedeutsamkeit und Wohl. Es ist ein grosser Wind des Selbstvertrauens und der Mündigkeit in dich gefahren als von Mir, der plustert dein Gefieder zum gekonnten Flug in alle Fernen des verheissnen Glücks in Meinem Raumgefühl und Meinem Aller-Festigkeit-Entsagen.

Gut-Tun ohne Wanken im geschärften Unterscheiden, makelloses Aneinanderreihen von Besonderheiten sind die Würde Meiner Bahn, die vom Unendlichen ins Hier und vom Verhaftetsein ins Ewige reicht im wunderbaren Bogen des gestaltenden Elans und des gelungnen Flugs zu schwebender Holdseligkeit und immerwährendem Vereinen.

4.10

Exponiert sein heisst, die vielen Blicke auf sich ziehn, die sonst diffus ins Anderweitige schweifen. Besonderheit im Guten oder Misslichen bringt vieler Munde Rede auf den Punkt, wo Kritik oder Lob sich ansetzt, um die Ansicht zur Geschichte zu entladen. Nun scheint es seltsam, dass Ich so bedeutend Bin und ohne dass die Vielen Mich beachten und als Ausbund der Geschicklichkeit verstehn. Das ist, weil Meine Gegenwart ein Seinsbewusstsein fordert von besondrer Klare und die Einsicht, dass die Eigenheiten der Person noch lange nicht das Nonplusultra sind, das man in alle Himmel heben und befeiern soll im lebensvollen Knäuel, den die Menschenscharen bilden.

Lachhaft ist, wenn einer sich gar brüstet, mehr zu sein, als seine zünftigen Kollegen und vermeint, die Weisheit mit der grossen Kelle angerührt zu haben. Weise Bin nur Ich und träufle dabei, was Mir für dich gut scheint, tropfenweise ein, das Seinsphantastische zu beleben. Hintergründig BinIch und gestalte und verwalte nach Gesetz und Ordnung, ohne Mich ins Rampenlicht zu setzen. Schlicht und wahr ist Meine Habe, gründlich und erhaben Mein gesetztes Tun.

Wenn dich nach Auskunft dürstet, frage Mich, weil Ich das Kundigste von allem Bin, was man sich denken kann und jeder Frage ihre Lösung weiss hinzuzustellen. Nichts läuft ohne Mein behütendes Geschick und ohne dass die Menge dies bemerkt; doch du sollst es im Seinserstaunen merklich finden und dein Sinnen, Trachten und Gefühl als ganz in Mich gebettet registrieren. Einheit aller Dinge nenn Ich dies, und Wohlerwogenheit der Seinsideee wird dir dasselbe offenbaren.

Kumpel Gottes in den Schächten laden stets das Lichte mit in ihre Grubenhunde, dass sie nicht im Finstern in die fasche Richtung fahren. Weis Gewordene besinnen sich auf ihres wahren Selbstes

strahlende Figur und lassen sie durch ihren Tatendrang hindurch agieren. Denn in ihnen Bin Ich
Meines Prophezeihens hochvollendetes Idol, Bin
Kraft und Grazie zugleich, verschwiegne Zärtlichkeit und Weltensehnsucht, Glanz und Glorie und
immer auch ein tief verborgenes Im-Seligen-und-
Hochgebenedeiten-Ruhn.

4.11

Gelächter auf den Strassen, wenn die Mönche des
Verzichts vorüberziehn. Recht dem Recht entgegen
scheint hier vorzuliegen, denn jene die von aussen
auf die Dinge sehn, gewahren nichts als Selbstqual,
eingeschränkte Lebensqualität und widerwärtigen
Willen, anders als die Andern sein zu wollen in der
Seinsphilosophie.
Ich aber weiss von innen her zu schätzen, was sie
tun; denn sie stärken ihren Willen, lassen sich nicht
von Gelüsten hin und wider dirigieren und erheben
sich zu Meiner Art und Grösse in der Evolution. Sich
Weisheit anerziehen, ist ein Hochgebot von Mir; das
Krumme gradzurichten und auf glitschigem Parkett
voll Anmut und Gelassenheit zu tanzen, Meiner
Weise zugetan. Es liegt Besonnenheit in jenen
Fibern, die sich recken, strecken nach Gerechtigkeit
im Tun und deren Hang sich moduliert zum Hellen,
Leichtgefassten und Verträglichen in allen Lebens-
situationen und Verästelungen des Gebarens. Es
erweist sich, dass nur, was von Mir kommt, wahren
Einfluss zeitigt und Gelände um Gelände sich mit
Meiner Flora überdecken muss im Zeitgefüge, bis
die Schönheit kann daraus erblühn.
Einen Rahmen steck Ich ab und schaffe darin Eben-
bilder Meiner Zucht und Würde, Meines Hochgebets
nach Frieden und des lächelnden Verkündens einer
Strategie der Dankbarkeit und des Erlebens reiner
Wonne im Allhier. Dann lass Ich alle Grenzen in die

Weite fahren und verbinde Gegensatz um Gegensatz
zur Einheit Meines Allseins in den heiteren wie
bitterbösen Szenen, die im Flammenreich des Geists
an Mir vorüberziehn. Nur, dass Ich Mich dabei auf
Meine Unbescholtenheit besinne und nicht Wirrsal
noch Verzicht noch Ausgelassenheit in Meinem Sein
der höchsten Sphären wirklich werden lasse, weil in
ihnen nur das allerzärtlichste Beseligtsein Bestand
hat und die Liebenswürdigkeit des Himmels, dem
Beharrliche und Auserwählte angehören. Und du?
Und du? Gefahr und Fährnis gehn im Sein wie
Windes-hauch ereignislos vorüber; kein Gans-
geschnatter oder flatterndes Brüskieren schlagen an
dich an, wenn du dich Mir vertraust und jede deiner
sinnenden Gebärden als die Meine sich erweist im
Bogen des holdseligsten Vereinens.

4.12

Reizendes Mich-an-das-Sein-Verspielen nenn Ich,
was Ich frei und froh an Mir geschehen lasse in den
Zeiten Meines Götterwohls. Meine Machart knackt
und knistert und gebärdet sich wie toll in Freuden-
sprüngen, wenn das Unbeschwerte Durchbruch hält
und alle guten Mächte Mir galanten Dienst erweisen.
Ich gehorche Meinem Anlauf wie am Schnürchen
und gewinne Boden der Beständigkeit im Nu im
Sinn des steten Aneinanderreihens von dezenten Kapriolen. Was gelingt, wird auch schon weiter ausge-
zogen zu noch grösserem Triumph des weltge-
staltenden Elans; was töricht war, erscheint im
Büchlein der Erfahrung als ein Plus, von dem sich
zehren lässt in wohldosierten Raten. So bestimmt
Mein Sein das Wogen der Geschäftigkeit in aus-
erlesnen Zügen und beglaubigt, was Ich Bin als
Alleslerner, Alleskönner und allweiser Herrscher
über Erd und Himmels Lustbarkeiten. Sinngehalt zu
schaffen, zieh Ich aus, und reich an Schönheit,

Tugend und Bewusstheit kehr Ich wieder in Mein Reich der sinnenden Gerechtigkeit, der ewigen Sanftmut, Zartheit, Milde und Geneigtheit, Meine Werte ins Allgegenwärtige zu verströmen. Nützt es Mir, so nützt es dir, dass Ich so Bin und alles allem seinsgeschwisterlich verteile, was an Weistum Mich beflügelt und an Güte Mich beseelt. Du darfst dich Meiner würdig nennen, wenn du täglich, stündlich dich bemühst, dem Wunderbaren auf den Schlich zu kommen, das in dir agiert und Fahnen hisst des genialen Vorwärtsstürmens unterm Lebensideal. Gilt es Mir, so gilt auch, dass Ich dich behüte vor Verdriesslichkeit und Zagen, dass Ich alles daran setze, deines Schreitens Wagemut zu sein und Herold aller deiner Siegestaten. Du in Mir und Ich in deinen Sphären sind ein würdig Paar für das Errichten fabelhafter Seinsbesonderheiten und ein Doppelausbund der Gerissenheit im Tanz um Wohlfahrt, strahlendes Entzücken und Geselligkeit mit allen Geistern unsrer Wahl. Wahrhaftig Bin Ich, was du Bist und leiste liebenswürdigen Tribut an was du willst erreichen.

4.13
Bekenntnis um Bekenntnis lass Ich aus der Kammer Meines Herzens fahren, um gefeit zu sein vor allzuvielen Fragen. So geschiehts, dass eine Summe von Erfahrung ins Konkrete übergeht des Formulierens neuer Wirklichkeiten, die ihr Dasein bestens vor der Welt bestehn. Es weiss doch immer, was Es will in seinen Bürgen, wandelt wissend seine Werte um in neue Seinsgegebenheiten und versteift sich nie auf das Gehabte und Gewesene, um jederzeit beweglich, flüssig, figalant und seidenweich zu bleiben.
Alles, alles gilt im Grunde auch für dich, du tragisch komisches Gebilde aus erblühter Selbstsucht und

dem Hang zur Resignation vor soviel aufgetürmten Schwierigkeiten. Ich allein vermag dein Sein zu stützen in der Art des zielbewussten Vorwärtsgehns, des Intonierens unerschütterlicher Harmonien und des Feierns alten Lebens als ein Fest des freudigen Erwartens, Keimens, Blühens, Kelche-, Früchte-Bildens und Geniessens des erreichten Ruhms. Das sag Ich dir: Ich halte Meine Schätze nicht verborgen, wenn du ihrer doch bedarfst und wenn du sehnend, sichtbar und bescheiden greifst nach ihnen. Glück um Glück bereit Ich dir in deinen massgeschneiderten Allüren, die Mein Herrensein vertreten, wie Mein Dienen an der Gegenwart der Dingwelt, die Ich inszenier. Nichts bleibt, was Ich nicht eingerichtet, angerichtet habe. Kein Stein steht auf dem andern ohne Mein Gebot der Klugheit, der Gewissenhaftigkeit und Weitsicht allen Handelns an Mir selbst im Zeitmodul. Gereiftes reicht dem noch Gereifteren die Hand zu einer unerschütterlichen Folge von Triumphen, deren Ich Mich leichterdings bediene, um den Wohllaut Meines Seins zu stärken vor Mir selber, wie vor allen staunenden Gesichtern, denen Ich das Dasein induzier.
Im Gewinnen gross und voller Grossmut im Verlieren Bin Ich Mir das absolute Selbstgefühl, das in sich selber seligen Bestand und unermessne Seinskraft feiert, allverbunden, in der höchsten Weise weiselos und meisterlich erhaben über jeden Abfall ins Konkrete, lichter als das Licht und Heiterkeit an sich im Schoss unübertrefflich reiner Sphären.

4.14

Grollendes Gemurmel weckt Mich aus den Träumen tiefgefassten Seinsbesinnens und ruft Meine Ordnungskräfte auf den Plan. Zu Scheitern ist nicht

Meine Sache, und so recke Ich die Stricke für den Schutz des allgemeinen Wohls. Getrenntes gleiche Ich dem Sinnbild wahrer Einheit, Gleichheit und Geschwisterliebe an; den Schrecken wachsender Bedrängnis lasse Ich in Friedefertigkeit und Tugend enden.

Sträubst du dich nicht dagegen, Meines Sinnens Sinn zu akzeptieren, so wandle Ich dein Weltbild zur vollkommnen Harmonie im Sein der strömenden Wahrhaftigkeit und der besänftigten Gezeiten. Du missest und vergissest dich an Mir und trägst dein Scherflein in die grosse Schale der Glückseligkeit, die Ich verwalte und in Händen halte ruhigen Gewissens und gewogenen Gestaltens eines neuen Weltgefühls. Blick auf, und schaue Mein Gewinnen einer Fassung von erstrebenswerter Dichte und Gediegenheit, den Strom von Vatergüte, der aus Meinem Antlitz quillt, wie die Vollkommenheit der Sterne, deren Innesein von Meiner Schönheit weiss ein Loblied zu erzählen.

Es kündet sich mit Vehemenz Erlösung an vom Übel der Verblendung in das Erdgefüge, vom Verharren auf dem Plan der Nützlichkeit darin und von der Akribie, mit der der Wohlstand wird vertreten. Weg und weiter führt das Rad der Dinge vom ersehnten Ziel, bis das Gepolter unerträglich wird und mählich eine sonnenhafte Ruhe wird im Sein der Gläubigkeit und Wachsamkeit gefunden. Wahrer Fortschritt kennt nur Mich als Wegbereiter und Begleiter in die Hallen der Holdseligkeit und des bewundernswerten Weilens.

Nun siehe zu, dass solches Mass dein Messen inspiriert und dass noch jeder Nadelstich dir wohl gelingt am Kleid der Wonne, das du dann dein eigen nennst, wenn alle Arbeit ist getan und wenn die Seinsfanfaren dich zum Freudentanze laden. Achte Meiner, und du wirst die Achtung vor dir selber nimmermehr verlieren; lege deine Sanftmut in Mein

Spiel, und dafür wird dir Zärtlichkeit des Himmels
und Glückseligkeit des Seins erblühn.

4.15

Lupenrein und strahlend in des Lichts Besonnenheit
Bin Ich vor aller Augen und vor allem auch vor dir,
wenn du geruhst, Mich anzusehn. Ich weiche nicht,
wenn andre sich ins Ausgeuferte verziehn. Mein
Sein ist Hort und Trost und Stille und Geborgenheit
in Harmonie und seligem Verweilen. Aller Wünsche
bar ist Mir erfüllt, was Ich noch nie begehrte; fern
von Tücke, Ungeduld und Not entlausche Ich dem
Odem Meiner Wirksamkeit das Nützliche, das Mir
zu tun obliegt und lasse es durch alle Meine Himmel
sich entladen.
Es mehren sich die Taten Meiner Huld an einer Welt
der Sehnsucht nach Besänftigung und Frieden, nach
Beständigkeit im Rauschen der Gefühle und
dezentem Gleichgewicht im Vorwärtsgehn. Erlab-
ung sende Ich in Meine Tiefen, wo die Kehlen nach
den Quellen der Ermunterung lechzen und - des
langen Wanderns müde - an den Brunnen der Verheissung stehn. Ich komme, wo du Bist und bleibe
deines Seiens Unterpfand und Stärke, deiner
Hochfahrt Schwinge und die Mehrung deiner Güter,
die da sind: Vertrauen und Vertrautheit, Wonne des
Gelingens und Glückseligkeit im Anblick der Geburt
des Ewigen in dir. Du wähnst nichts mehr, weil du
nun weisst zu unterscheiden; du zögerst keinen
Augenblick, dich auf Mein Dasein zu beziehn und
deines Wirkens Strategie nach Meiner auszurichten.
So Bin Ich dir das Eine und Geheime das du
brauchst, um alles Prüfende zu überstehn und Tat um
Tat des Seinsvollendens vor dir aufzuhäufen.
Geläufigkeit im Vortrag Meiner Sitten, wie
Beständigkeit in scharfer Winde Wehn, erhalten dich
auf Trab und stützen deines Kreisens Fabelhaftigkeit

um Meine Mitte, einem unerhörten Ziel entgegen. Was Ich in dir Bin, ist Meines Flutens ewige Allegrie im Guten und Gerechten, Unvergänglichen und Wunderbaren aller Zeiten, Zeichen und Verschiedenheiten. Mein Gerinne glitzert in den Sternen ebenso wie im geringsten Rinnsal dort am Hang der tausend Schnörkel und Synapsen. Angeregt Bin Ich zur Unaufhörlichkeit im Werden wie im Sein und zum Entzücken an Mir selbst, so wie Ich Bin und auf die Pauke schlage, oder zarten, süssen Weilens im Unendlichen an Meiner hausgemachten Seligkeit vergeh.

4.16

Ewig kummerlos und kunstvoll in Mein Sein gebettet Bin Ich Mir das strahlende Vollenden ohne Anfang, ohne Ziel. Nichts webt in Meiner Hoheit als der Sinn im Sinnen; Wesensnähe Bin Ich Mir und Ferne zugleich in der Einzigartigkeit des Nichtmehr-unterscheiden-Wollens, die Mir eigen. Sternenzähler Bin Ich erst am Rand des weiselosen Wonneseins, das Ich gefühlvoll ausstaffiere mit vollendeter Gelassenheit und weiser Wirkungslosigkeit in einem. Transformator Bin Ich alles Angespannten in die losgelöste Harmonie des Friedens, dessen Ich Mich rühme und bediene, um vor Mir in Achtung, Zartheit, Heiterkeit und Minne des Erwartens zu bestehn.
Nichts ist selbstverständlicher, als was Ich Meiner Sinnkraft zugeschrieben habe. Offenbar in Meinem ewigen Verblauen gestalte Ich die wunderbaren Wirklichkeiten, die das Treffliche vermehren und dem radikal Gewordenen denLebensnerv entziehn. Bürgen sind sie einer Evolution ins seinsbewusste Schweigen vor der Anmut einer Welt von Gärten und Gediegenheiten, die von Zell zu Zelle Schönheit weben und Wahrhaftigkeit bedeuten im Bewusstsein

ihrer Mission.

Beförderung und Liebestausch sind Meiner Eigenart Erheben ebenso, wie makellose Offenheit im Generationenspiel, das Ich mit Phantasie und sprudelnder Lebendigkeit begabe. Alles doch ereignet sich am Saum wahrhaftigen Erhabenseins, das Ich Mir ausgespart und schon für immer eingerichtet habe. Lichthof Meiner selbst Bin Ich in diesen Gründen, wo das seidenweiche Wonnesein an erster Stelle steht und Meiner Innheit Zug aus Wachsamkeit und Fülle, Fabelhaftigkeit und reiner Wohlgefälligkeit besteht. Konsequent Bin Ich in allen Äusserungen Meiner Seinsnatur; gerüttelt und geschüttelt wird, was nicht nach Meinem Sinne seine Spuren zieht ins Weltgewissen, bis es dem entspricht, was Ich Mir in ihm vorgenommen habe. Beugst du dich willig, ruhig und beständig Meinem Seinsbefehl, wirst du Mir nimmermehr entarten. Eins im Wollen, brüderlich im Ziel, begab Ich dich mit allen Fertigkeiten und erhalte dich in Seinspotenz und Rüstigkeit vor allem, allen, wie vor Mit

4.17

Versuch Ich Mich, so suche Ich Mein Ego abzulenken von der Einheit mit Mir selbst, so dass es sich ins Wahnbewusstsein splittet, je im Einzelnen schon ganz zu sein mit einem Königstross von Attraktionen. Falle Ich mit dir in diese Grube, so versteht es sich von selbst, dass sich dein Blick verengt auf das Betrachten und Beachten deiner Eigenheiten, Nöte und Geschwulste, dass sie weltgewichtig werden und dich an dich selber binden, bis du als ein Sklave deiner Lüste gehst einher.

Dich heimzuholen in Mein Reich, ist dann Mein einziges Bestreben durch die Zeiten deines Lernens und Erfahrens und Erprobens deiner Möglichkeiten.

Hilfe deinem Sehnen, sichrer Hort nach langem Irren und Befreiung von der Enge deiner Eigenwahl will Ich dir sein in dem Moment, wo dich die Einsicht in dein Nichtigsein in Meine Arme führt der alles überragenden Potenz an Weisheit, He!lgesichtigkeit, erwiesner Stärke und Behutsamkeit im Handeln und Bestehn.

Schau zu, dass du Mich findest als in dich geboren und in dir agil zu jeder Zeit und als dein Vorbild des Vollendens in der Bilderhaftigkeit der Tage. Wanke nicht, wenn du in Mir dem Sein entgegengehst, das Wonne ist des Weiselosen und Gebieter über alles, was da Ist und seine eigne Weise will vermehren.

Setze einen Hobel an dich selbst, den Wildwuchs leichterdings zu zähmen und der Glätte, Biegsamkeit und Unbeschwertheit freie Bahn zu schaffen. Immer mehre Ich, was du im Ernste anpackst und gestaltest nach dem Drang des guten Willens und der Absicht, eine Scharte auszuwetzen, die dich hemmt im scharfen Vorwärtsschreiten.

Je dezidierter du den Gleichschritt mit Mir anschlägst, umso echter Bin Ich, was Ich will, in dir und halftre ab, was dir das Skiaventum bescherte. Vogelfrei und frei in Lüften fassest du Mein Innesein in deine Art des vorwärtsstürmenden Elans. Ich Bin darin Mir selbst das Ziel und die Beglückung des Erreichens eines Zustands unermesslicher Erleichterung und Zuversicht und Heiterkeit im Weilen.

Aller Liebe Lieblichkeit am Sein bricht auf und öffnet sich dem All der Göttersphären. Wohlverstand und Helle des Begreifens, Süsse des erhabnen Ausblicks und Entschiedenheit vereinen sich zu einer Wonne sondergleichen, die Mir ein und alles ist im Hier.

4.18

Frühe Warnung, früher Absprung von der Bahn des Leids, auf die du dich begeben. Horch auf die Seelen-Stimmung, eh du eine Tat vollbringst — zu deinem Nutzen oder Schaden. Es können tausend feine Stimmen sich erheben wie ein Wespenschwarm, wenn du gedenkst, ein Übles auszurichten ohne Mass und Ziel. Und du bestehst im innern Kampfe allsobald, wie deine guten Kräfte siegen. Pflege und vermehre sie in unablässig eingesetztem Üben nach dem Bild der Tugend, das dich anführt und vollenden will im Menschenwerden deiner Züge.

Bin Ich dein Begleiter und Erretter, Bin Ichs eben hier, wo sich die Wege trennen in ein Ungebührliches und ein Gesittetes, zu dessen einem du dich musst entscheiden. Warnung will dich in die rechten Bahnen leiten, wenn du zögernd stehst davor. Benimm dich wie ein Held - und du wirst helle Freude an dir haben.

Kleine, feine Dinge überwinden, zeitigt Grösse; die Präambel ists, die ins Verderben oder in die Glorie führt der Seinsgerechtigkeit am Leben. Nicht umsonst ist alles so subtil, empfindsam und erforderlich gestaltet, dass schon der geringste Anstoss überragend wirken kann im seienden Gefüge. Es zeigt uns, dass ein Hocherhabenes am Werke ist, von dessen Sein das Manifeste nur ein Abglanz ist und ein Betrügen unsrer Ansicht von der Welt, die wir nur allzugern im Ganzen würden sehn.

Es lächelt sich in Himmelfernen selber zu, wenn seine Seinstrabanten sich im Wahn vergnügen, aller Weisheit Schicklichkeit aus Eigenkraft erreicht zu haben. Je bescheidner einer ist der munteren Vollbringer einer höheren Wahl, um soviel mehr wird ihm das Treffliche gelingen, das in Wahrheit zählt und zischt und Weltenkarten mischt in Ruhmeszeiten. Ich geruhe, deines Werkes Überwert

zu stimulieren, wenn du weisst, vor dir zurückzu-
treten und kein Macher mehr zu sein, der mehr
verdirbt, als dass er zum Erklingen bringt in Meiner
Harmonie der Stimmen und Gelungenheiten.
Wiege dich, und siege dich in Mir zu dir empor im
endlichen Erkennen deiner Seinswahrhaftigkeit, wie
deiner Tücken und im bittenden Verweilen vor dem
Ideal, das du erreichen willst und kannst in Meiner
Güte und Gelassenheit und Milde, wie in Meinem
allerfeinst um dich gebreiteten Gespür.

4.19

Wesenstreu und munter trag Ich Mich dir vor, als
Meister des Gelingens und als Sänger epenbreiter
Melodien in Moll und Dur. Du schweigst in deiner
Einfalt vor dich hin, derweil Ich mit Vergnügen von
der Vielfalt rede, die Mein Sein beseeelt und die in
niemals endendem Beginnen Tauglichkeit, Er-
griffenheit und graziöses Mich-Verspinnen offenbart. Nimm dich selbst, und sieh, wie superreich du
Bist an Seinstalenten, Narreteien, Bot- und Unbot-
mässigkeiten in Person. Sovieles ist in dich geprägt,
dass du nie fertig wirst mit Zählen und dich besser
ausschweigst beim Versuch, dich zu begreifen im
Total. Ein einziger Verstoss in deiner Analyse kann
dich lebelang auf einen Irrweg führen; ein kleiner
Schwick in deinem Wachsein klinkt dich aus dem
Seinsbewusstsein, das Ich unaufhörlich in Mir trage.
Meldung muss Ich dir erstatten von den Räumen des
Erhabenseins, in die du eintrittst im Gefolge deiner
Mustergültigkeit im Streben nach der Seinsmanier,
die Ich Mir wunderbarerweis errungen. Läuten soll
in deinen Öhrchen das Gebet vom Angekommensein
in Mir und vom Advent, den ich beschliesse und
begiesse in den Seelen Meiner Huld und Tugend,
Meines Wohlverstands und Meinem Nennwert auf
den Lebensstufen.

Voll im Ausstand Bin Ich Mir die Triebkraft im Besorgen aller delikaten Angelegenheiten Meiner Art zu sein und Mich ins Ganze zu verweben. Lust auf Einheit kommt Mich an, wenn Ich genug gespielt und Mich verspielt an hunderttausend Sehenswürdigkeiten. Zu die Schachtel und verschnürt sei Mir das treffendste Idol des Seins im Grünen und Beschaulichen in seelenseligen Tagen voller Musse ohne Muss und Minne, Machen und Mich-an-der-RuhVergehn. Makelloses Stillesein bereitet Mir den Königsthron im Weiselosen, dessen Ich Mich rühme, und erhebt Mich in die Pracht des Sternenglutens und des Überalls in Meiner Siegesliturgie.

4.20

Entsagen heisst: Mir angehören voll und ganz in Abstinenz vom wesenhaften Denken und in fabelhaftem Seinsvertrauen, das Erfordernisse als errungen schaut und keine Mickrigkeiten duldet in der Poesie des Glaubens, dass sich alles so erfüllt, wies gut und weise ist im Weltgefühl. Sag «Gotteskraft in Mir» und wisse diese zu verwalten nach Gesetz und Ordnung deiner selbst und nach dem Sinn für Seinsgerechtigkeit in deinen Fibern.
Ich Bin es doch in dir, der treibt und bleibt nach Mass und Ziel, Bin deines Bruders Hüter im Gewühl der Gassen, wie auf Bergeshöhn und schärfe dein bewusstes Aneinanderreihen glorioser Taten. Freudig, friedevoll, wahrhaftig und gediegen ist, was Ich im Weltrund produzier und leichterdings vergebe an dein Wohl. Ein Süpplein kochen ist nicht schwer; doch Meins geniessen fordert Achtung und Gerissenheit zugleich, weil es so heiss und scharf ist, dass die meisten sich daran den Schlund versengen. Geh in dich, und lerne Weisheit schlürfen mit Bedacht und frommen Sinns fürs Unvernünftig-Scheinende-vor deinem kleinen Urteil in des

Abergeistes Wehn.
Ich Bin die Klare Meiner selbst in Sphärenräumen
und erwäge das zu Wägende mit unnachahmlichem
Gefühl fürs Schauen einer Wirklichkeit, die stimmt
als Seinsgewissheit im Erleben. Ich mache Mir
nichts vor und traue Meinem Seinskraftüberragen,
wie man einer Brücke traut, die tausend Jahre
überstanden.
Behutsam greife Ich vom Hier ins Sein der Sphären
und besinne Mich auf Es in Mir als Schutz vor
schnöden Illusionen. Verstand braucht Hilfe - und
Begeisterung den An-Stoss Meiner Güte, die da will
Vortreffliches gebären. Hoch vom Himmel komm
Ich her und Bin mit ihm aufs innigste verbunden.
Weihung duftet süss durch Meine Kammern, und
Genugsein an Mir selbst lädt zum Vertrauen ein aufs
Künftige, das sich in Glorie und Herzensheiterkeit
vollzieht und Leicht-Sinn lässt in alle Winkel fahren.
Anmut der Geschichte stösst hervor wie Frühlings-
rau-sehen und begabt Mich mit Holdseligkeit,
Gewissheit und unendlichem Befrieden.

4.21
Gehalt ist Frieden, und gehaltnem Reden folgt des
Schweigens himmelstrebende Tonsur. Nur was sich
ausgesprochen hat, hat Anrecht auf die Niederkunft
der Unbeschwertheit in sein Seelenreich mit allen
ihren Gütern. Das geschieht, wo Ich Mich frank und
frei dazwischenlege als die Brücke des verbindenden
Begreifens.
Einmal war Ich stumm. Da hub in Mir ein Sehnen an
nach einem Widerpart, nach Seinsverteilen, Hin- und
Widerrede, nach Begeist'rung für ein Werk und
Wonnefühlen ob dem wohlgelungnen Ausgang
seiner Züge. Und Ich fand dies alles in Mir selbst,
indem Ich es ins Wirkliche und Wesenhafte zog in
fabelhafter Schauung von Potenz und Glorie des

Erwartens und Erwachens an Mir selbst im Weltenschicksal, das Ich in Bewegung setzte, ein für allemal und ohne Möglichkeit, es wieder abzustreifen.

So schreit Ich nun voran und nähr' und nähre Meinen Evolutionenstrom mit allen Werten, die sich aus ihm selbst erheben. Hurtig, zierlich, brackig, widerborstig, reissend, still verträumt und grandios in seiner Unerbittlichkeit ist er als Kunstwerk Meiner Seinsnatur erschienen und als Gegenpol zur unermessnen Ruh, in der Ich nach wie vor und hoch erhaben wese.

So ist Mir das All und alles ein Gewinn an Seinssubstanz und eine Jakobsleiter auf und nieder nach dem Willen, der Mich ankommt und nach jedem unbedingten Selbstbefehl. Singen ists und süss empfundenes Verklingen, was Ich in Mein Sein gelegt; trautes Flöten und herzinniges Erröten vor Mir selber, was geschieht an allen Ecken, Enden und Verästelungen Meines Seins und Meines Sehnens.

Wallt die Woge, legt sie sich getreu und wohlgesittet wieder zu den eignen Füssen hin im grossen Atem, den Ich allem aus Mir selbst verleihe. Ihr Ende ist ein Gleichnis für die Redlichkeit des Ausgleichs, den Ich in Mir fühle und als Sein im Sein bewund're und bestätige.

Die letzte Ferne klingt Mir wie ein Abendlied entgegen, als ein Schimmer noch und letztliches Verblassen, währenddem Ich in Mein ewig Sonnenhaftes, Nie-Verblüh'ndes steige und Mich Bin im weiselos geword'nen Selig-in-Mirselbst-Verweilen.

Lieblichkeit des Seins

5.1

Wo Ich Bin sind die Gedanken aller voll versammelt als Gewoge und Gewäge her und hin. Das Höchste wie das Hinterhältigste wird im Durchschauen offenbar, das Meine Wonne ist, Mein abergründig Weh. Hier treffen Gleichgestimmte sich zu Austausch, Stimulation und seins-geschwisterlichem Tagen als in einer Feier der Verbundenheit in Mit Weisse Feier, schwarze Feier, Blitz und Donner, seinsharmonisches Geflüster tragen ihren Wesenszug voran und modulieren, modellieren sich zu siebenhundertfach gewundenen Gestalten, die sich alle Meinem Willen beugen, ohne dass sie wissen denn wohin.

Ich färbe - und es flattert luftig, lustig ein Gewebe durch die Sphären Meines seinsmagnetischen Erinnerns; Ich gebiete Einhalt - und das Ding an sich erstarrt zu einem Schaustück der Bewunderung, der Abscheu oder des gezielten Nichtbeachtens an dem Wege, den Ich in den Gängern geh. Du findest Mich geprägt in jedes Merkmal, über das Ich frei verfüge, währenddem du an ihm noch zu knabbern hast allwie an einem Rätselhaften, Dich-Verzaubernd- und Erschreckenden im Zeitenfior. Mach mit, und kippe jegliches Bedauern aus der Mulde, die du in Mein Sein geschlagen, dass sie wieder sich erfülle mit Begeisterung am Werk, mit Trautheit, Nützlichkeit und Weisheit des Entsagens. Lass die Dinge für sich selber stehn als Zeichen einer Möglichkeit des Werdens und des So-Gewordenseins im Rausch der Evolutionen. Merk dir, dass du Bist, und trachte danach, deine Ansicht nicht mit Fehlerhaftem zu verbauen aus der Trickschublade des verneinenden Gespürs.

Mein Walten weckt den Hochgesang in Himmelssphären; Meine Botschaft zeugt ein freundliches Gemurmel und ein freudenreiches Echo in den Reihen der Verständigen und mit Bedacht Betuchten. Was sich geziemt, ist ihnen längst bekannt, und was Geschick ist, wissen sie geschickt mit ihren Angelegenheiten zu vermählen. So geschieht, was Ich begründe, und so findet sich Mein Grund in dir als Basis der Beharrlichkeit und des begütenden Erdauerns dessen, was im Weltenspiel geschieht.

5.2

Nolens volens musst du danach trachten, deiner Übel Meute auf ein Restmass zu verkleinern, das dich leben lässt, so wie du's eben noch erträgst in deinen Ambitionen. Steckst du tief in Schulden, halte Ich dir Meine liebevolle Hand entgegen, dich aus dem Morast herauszuziehn, in den du dich verfangen. Meiner Tat folgt deine und errettet dich, wenn du Vertrauen in Mich hegst und allen Unmut lässest fahren. Dem Sein verwandt zu sein heisst: Meine Attitüde akzeptieren und getrost im Übel Lichter anzustecken, um das Freudenfest zu feiern der Erlösung von der Peinlichkeit des bohrenden Bewusstseins von Verlorenheit und Weh.

Ein Vater ist das Sein, dem alle Mittel recht sind, um die Kinderschar zur Tafel des Frohlockens hinzuführen, ohne Zweifel, heiter, hell und klar. Du bist Mein in deinen Gründen, sag Ich dir, und was du anfachst, brennt an Meinem Hof und leuchtet einer Zeit der innerweltlichen Bedeutsamkeit entgegen. Wie gebannt erwarte Ich dein Sehnen nach Gerechtigkeit und Frieden und gelobe dir zugleich, dich nimmermehr im Stich zu lassen in der Angst um Antrieb und Elan, die erst das Werk vollenden werden, Meiner Akribie.

Verschone dich und Mich mit Zagen, und es wird die Sonne der Begeisterung und Tugend vor dir hergehn in die Weiten Meines seinsgeschichtlichen Errötens, wie die Harmonie des Raumklangs, den Ich dir zur Seligkeit gewähr. Gewiegtheit Meiner selbst trägt sich von Station zu Station des seeleninnigen Verweilens und bereitet dir den Segen des Bewusstseins von der Fülle, die Mir eigen. 0 wie köstlich, auf Distanz zu gehn und im Beschaulichen den Weg zu finden zur Allherrlichkeit der Sphären, wie zum unerschütterlichen Seinserkennen, das da, aller Rätsellösungen bedeutendste, dem Hier und Jetzt die Weihe gibt des Unvergänglichen und Unumgänglichen im Wettlauf der Gezeiten. Ertrage dich und Mich, so wie wir Sind und lauf den Sternen der Befriedung nach, die Ich dir zur Erhebung und zum Troste hingegeben.

5.3

Versuche nicht, dem Andersartigen den Weglauf zu versperren, weil du damit den eignen in die Tücken eines Friedensbruchs und ins Verhängnis des Abseitsstehns dirigierst. Es gibt nur allzu vieles, was du noch nicht weisst und nicht erkennst in deiner seinsbeschränkten Weise, dir die Lebensdinge anzusehn. Nur schon das Eine zu erraten, wer du Bist, fällt dir unendlich schwer, und daran hängt ein Rattenschwanz von Spekulationen.
Ich aber habe Mir nichts vorzumachen, weil Ich der Gesandte Bin der eignen Schicklichkeit und Wächter an den eignen Toren. Ich komm und geh und weiss woher, wohin, vermähle Mich und scheide nach dem Mass des seinsgerechten Handelns und des Weiterflutens Meiner Wesensart in höhere Etagen. Im Erdkreis hänge Ich nicht allzusehr an Mir. Ich spiele im Natürlichen die Rolle, die Mir zusteht und verlass die Bühne und das Haus, sowie Ich Meine Pflicht getan, so leicht, so abschiedsfroh und leise wie ein Sommervögelchen, das sich vom Kelch der Süsse hebt, um seligen Taumels einen anderen zu finden.
Lächeln kann Ich noch im Weh, weil ich im Reich der Seinsgewissheit wohne. Froh sein in Strapazen

und geschmückt mit Zuversicht im Zeitenwandel zeichnet Mich vor allen aus, die Mindres im Bewusstsein tragen. Nur immer schön der Reihe nach den Dingen auf den Grund gehn, die sich Meinem Sichtkreis präsentieren. Fokussieren bringt Erfolg und Überschauen Freude nach vollbrachten Taten. Taufrisch bleib Ich Mir dabei erhalten als der Eine, der sich selber kräftigt und die Löwenzähne nie verliert, um zuzupacken und den Dingen Ordnung, Recht und Flügelleichte zu gewähren.

Ich mahle - und Mein Gutes wird zur Speise für ein Millionenheer; Ich lasse Quellen süssen Tranks aus Wüsteneien springen, und erspringe Mir die höchsten Berge mühlos, Mich auf ihrem Scheitel in der Runde umzusehn.

Erhaben will und kann Ich sein - und fein und friedlich wie die Täubchen, die holdseligen Geschnäbels auf der Zinne ihre Liebeleien mit der Grazie des Überirdischen versehn.

5.4

Wer als Verklärter durch die Tage wandelt, handelt nach den Urgesetzen, die dem Weltgefüge Form und Anmut, Schmiegsamkeit und Edelmut verleihn. Er beschreibt, was Ich beschreibe, setzend Mass in seine Mühe, Sorgfalt in sein Denken und holdselige Milde in sein Wohlgefühl. So darfst du ihn getrost zum Vorbild nehmen für dein ungestümes Weiterpreschen auf dem Pfad der sieben lockenden Schalmei'n, die Wohlfahrt, Linderung, Labsal, Trott, Entzücken, Verzückung, Rast, Erquickung und Geselligkeit verheissen. All dies kann im guten wie im miesen Sinne dich durchfahren und erfordert deine Wachheit im dezenten Unterscheiden, in der lebensklug geführten Wahl.

Mir zu folgen, ist kein Pappenstiel und Meiner Sache Durchbruch und Beständigkeit verleihen, kein Befund für schlotternde Banausen. Wie die Saiten auf der Bratsche streng gespannt sind, um den Ton der Süsse zu erzeugen, bist du in die scharfe Pflicht genommen, dass du klingest in der Tage Lust und Weh und nicht locker lässest, deine Abkunft und dein Wiederkehren zu bezeugen.

Vieles hast du schon getan und noch viel weiter seh Ich dich in Meiner Obhut wandern, wiinschen und gedeihn, dem Königtum des Seins in ewiger Wachheit und Glückseligkeit entgegen. Du schwärmst von dem, was Ich Mir Bin und Bist Es, ohne es zu wissen in der Evolutionenreiterei, die Ich in dir betreibe. Lass es gut sein, wenn du mählich Form gewinnst und Faden, wenn dein Strich die Sicherheit des Absoluten nachzieht und Gefühle des Erlöstseins dich berauschen.

Endlich, endlich auferstehn aus deiner Gruft sollst du in diesen Tagen, sollst makellos und würdig vor Mir wie die schlanke Gerte stehn, die sich verneigt vor scharfen Winden, um sich nach ihrem sausenden Gezwitscher wieder aufzurichten. Dein Wille gleiche sich dem Meinen an in Hoffnungsstürmen und erklärter Siegessicherheit in weltlichen wie überweltlichen Belangen. Dein Trachten sei dem Edlen und Erhabnen zugetan in runder Ausgewogenheit und graziöser Einfalt des Bedenkens.

Wandler der Gefühle lass Mich sein in dir vom leisen Unbehagen bis zur lebevollen Lust am Sein mit klingenden Registern und harmonischen Akkorden im gekonnten Spiel des Weltverstehns.

5.5

Unbarmherzig brennen dich die Nesseln, wenn dus wagst, sie barfuss zu durchschreiten. So die Diebe deiner Wissenschaft vom Sein, die deine Seele zwicken und dich ins Verhängnis schicken, wenn dein Sinn das Feld des Sinnlichen durchstolpert allzusehr. Da hilft nur Wachsamkeit am Tor, das ins Banausenhafte führt, ein stummes Dich-Versiegeln in die Schönheit Meiner Züge in den Räumen des Gewissens der Holdseligkeit, die Ich von altersher bewohne. Ein Tragisches hat dich befallen, als du einsankst in die Tiefen deines maledett gewordnen Weltbegreifens. Du liefest wie ein Irr-Gewordener dem Ausserlichen nach als ein dem Lethe-Trank Verfallener im Seinsbezug. Nun gilt es, mühsam aus der Falle dich emporzuwuchten, aus dem Einbruch auszubrechen, der so viel bewirkte an Verschrobenheit, Gewinnsucht und vermessenem Rivalentum im Völkerschaftlichen der Menschen.

Hebe deine Augen auf zu Mir, dem ganz Reellen, das wie Brot und Wein und wie die lautre Sonne als Ernährer und Beschützer, als Beglücker und Beförderer dich umgibt in wundersamen Zonen. Was bei dir, mit dir und in dir wohnt, Bin Ich in jeder Phase des Erstarkens am gemeinen Schicksal und in jedem bravourösen In-dich-Gehn. Noch blühn die Rosen aller Lieblichkeit des Seins in Meinen Gründen; noch magst du ihrem Dufte nachgehn, wenn dein Fuss und Fluss den Pfad der Makellosigkeit betritt und sich fürs Ewige verwendet, leichterdings und ohne Zögern.

Hab Acht, dass keine Mücke dich mit ihrem Stichlein abbringt von der Grade deiner Spur. Ermanne dich zur Tat fernab vom Schlachtgetümmel der Verfemten. So Bin Ich auch dein Schwert im Kampf der Einsamkeit um deine Rechte an der ewigen Heimat, die sich als ein blütenreines Ideal vor dir verbreitet und in leisen, zarten Sängen dir entgegenkommt von Mit Es grüssen dich die Sterne ebenso, wie dich die Helligkeiten grüssen, die in deinen Seelenräumen alles Schattige verklären und Glückseligkeit gewähren deinem Weh. Dem Seinsentzücken voll dahingegeben, spinnst du Zärtlichkeit in dein Befinden und Behutsamkeit in deinen Umgang mit den Seinsgeschwistern, die dich ahnungsvoll umstehn.

Es ist, dass Ich dein Anderssein in Wärme, Güte und Verschwiegenheit erlebe und dich ins Bewusstsein hebe deiner Dignität im All des Wunderbaren und Erlösten, in den Sphären reiner Wonne und im nie endenden, beseeligtsten und heitersten Befrieden.

5.6

Natürlichkeit in allen Dingen deiner Zunft sei dir ein Vorrecht und ein Dich-von-Mir-begaben-Lassen sonder Wahl. Es geht nicht an, dass du dich von den Sitten kujonieren lässest, wo Ich dir den wahren Weg eröffnet und dein Sinnen auf das Wesen Meines Fortschritts hingerichtet habe. Triumphieren sollst du über jede aufgesetzte Fron und lächelnd Mir die Lenkung überlassen durch das Labyrinth des weltlichen Gebarens.

Ich schaue zu und Bin so unbeteiligt wie der Wächter auf dem Turme am Geschehn. Ich melde - und die Dinge werden umgelenkt zu Meinen Gunsten vor dem Morgendämmerschein. Kapieren heisst: Mein Sinngedicht verstehn - in Kapriolenlust agieren: Meine Winke in die Winde schlagen und das Opfer einer Wildheit werden von zerstörerischer Wucht und missverständlichem Entladen.

Die Tage blühen auf und sinken still dem Untergang entgegen. Wie viele sinds, die dich am selben Orte treten sehn? Du schweigst beschämt und nimmst dir vor, den nächsten besser, mutiger und wacher zu bestreiten. Die kleinen Schritte wirken deine Grösse und gewähren dir die Sicht auf das dezente Vorbild der Vollkommenheit, das dich beflügelt und zu dem erhebt, was Ich dir Bin in deinen besten Runden. Stell dich immer an Mich an, und wisse, dass in Mir allein der Sinn des Lebens aufersteht und alle Menschensehnsucht dahin geht, das Weltliche nach Mir zu hinterfragen.

Licht Bin Ich im schummrigen Geplänkel deines Sinnenseins, Geschmeidigkeit vor deinem starrenden Gegrübel und Gerechtigkeit im Hin und Wider deines Zielens. Bangt dir, so beuge dich zu Meiner Würde Schoss, brichst du in Sümpfe ein, so fasse Mein Bewusstsein an mit beiden Händen, und Ich ziehe dich hinaus ins Freisein von der Not. Geliebter Meiner Eigenart Bist du, gesegnet und betreut in deinem Langen, Bist was alle sind vor Mir und trägst in dir die Flamme Meines Seinsbedeutens. So geht aus Mir das Recht hervor, sowie das Rechte, das du tun sollst in der Fülle deiner Taten. Mir allein gehört der Ruhm in deinem Rühmen, wie der Wandel nach der Phase deines Stillestehns.

Kommt Zeit, kommt Rat, geh Ich dir zu bedenken und - komm Ich, ergreift dich eine wundersame Seligkeit des Einigseins mit allem, was da Ist und schreit und lodert und verstummt im Schweigen der Genügsamkeit und Seelenaugen-frische vor dem Herrn, der sich erkennt in dir und sich zu dir bekennt in reiner Übereinkunft und beglückendem Gewähren.

5.7

Gesteh dir deine Nichtigkeit und allsogleich will Ich dich aus dem Adel Meines Gross-Seins ganz erfüllen mit Bewusstheit sondergleichen. Ohne dich zu zieren, zierst du Meinen Garten der Glückseligkeit im Werden neuen Lebens, neuer Herzensschönheit, neu und wunderbar ins Sein gesetzter Poesie. Der Widerhall bist du in Meinem Walten, das Seinssensible, dem Ich das Geheimnis anvertrau des wachsenden Genügens, der Gefälligkeit am Werk und des Genesens noch an jeder schicksalhaften

Wendung, die Ich in dich präge.

Du schaust und staunst und Bist und wirst die Züge deines tastenden Flanierens als die Meinen werten allsogleich, wie du dich Meinem zarten Werben hingibst um Begeisterung am Stoss ins Unbekannte, um den Mut, gar nichts als ja zu sagen und die Unverfrorenheit, jedwelcher lauernden Bedrohnis kühn ins Angesicht zu blicken und sie solcher-weise glanzvoll zu bestehn.

So wirst du mählich den Pokal der Lauterkeit gewinnen und als Sieger noch aus jeder Schlacht hervorgehn, die Ich dir weiserweis diktiere. Wie Schuppen fallen Sorg und Nöte von dir ab im strahlenden Bewusstsein deiner Menschengöttlichkeit in Mir. Erwählter Meiner Lust Bist du, die Last zu tragen des Gerechtseins in der Tage Wehn, des Weiterschreitens mit dem Stern der Zuversicht vor Augen und des Weltenwerdens mit der höchsten Hoffnung im Gefühl.

Was Ich dir Bin, erfüllt dich mit Vertrauen, was Ich Mir selber vorgenommen habe, ist die Freiheit, alles im Allräumlichen zu sein, das keine Enden kennt und kein Vergessen, keinen Abfall, kein Versiegen, sondern pure Gegenwart des Ewigen in jeder Seinsfibrille, jedem Lichthauch, jedem liebevollen Gegenwärtigsein des Seelenvollen, das gewährt, verbindet und versteht. Ich Bin - und werfe auf, was Ich an Kraft und Schönheit, Können und Begeisterung in Mir erkundet habe. Mir selber zu gefallen, falle Ich ins Weltenspiel und fasse Formung, Fabelhaftigkeit und Auffahrt ins Gewissen, bis die Dinge Meines Seinsbegründens in sich selber als ein Meisterwerk an Tugend, Anmut und Gewissenhaftigkeit bestehn. Und Amen kann Ich sagen jederzeit und mit Mir selber eins im Guten und Gerechten, in der Seinsgewissheit Meiner selbst und in der Schau der ewigen Grazie, in der Ich laute; heiter und glückseligen Gewissens wese.

5.8

Von A bis Z gehorsam sollst du sein dem Willen Meines seinserschaffenden Befehls, um darin als ein Stern der Weisheit zu vergluten. Nicht mehr im Eigensinn verharren und ins Ganze, Grosse, Überwältigende eingehn, sei dein allerhöchstes Ziel und deines Sehnens Inbegriff und Ideal. Es wächst in dir, sowie du deine Werte neu formierst und Mich zuvörderst setzest in der Reihenfolge deiner vielgepriesenen Gelüste und Gepflogenheiten. Wahrlich sind nur Meine Früchte wirklich süss und ohne Makel und aufs innigste verträglich für dein seelisches Verdausystem. Du kaust sie in dezentem Schweigen und geniessest ihren Saft mit einem Wohlgefühl und einer Wonne sondergleichen, die dir wundervoll zu Herzen gehn. Was du weilend dir erwirbst an Weisheit im erkennenden Elan, wird dir auf ewig gutgeschrieben in der Chronik Meiner Treue zu den Guten.

Machbarkeit ist sehr gefragt in Meinem Alphabet der Taten, weil Ich alles Ausgefranste, Ausgeflippte führe und verführe in Mein Zelt der weiselosen Wonne, wo die Uhren stille stehn und die Gemüter in der Meisterschaft des Seins verharren. Was Ich hier gebiete, ist die Ruhe nach dem Stürmen; was Mich hier erfüllt, ist Zartheit des Gedenkens und Verschenkens in der Sphäre der Glückseligkeit, in deren Duft Ich Mir das Freudesein eratme.

Zuvörderst wie zuletzt Mein Wohl in allen Dingen Meines Seinsberührens; angetan mit Würde und Behutsamkeit, vermag Ich zu agieren ohne zu verletzen und zu werken ohne jede Hast und ohne jeden Schimmer einer Selbstsucht im Verwalten und Erhalten Meiner Güter. Alles ist ganz aus sich selber seinsbeständig und stabil und ohn' jegliches Bewerten in der Akribie des Zählens, Messens und Versuchens, jedes bis ins Letzte zu beweisen und verstehn.

Ich handle nicht, wo alle mit sich selber Handel treiben; Meine Stärke ist die Kraft des reinen Wassers, nachzugeben und doch alles zu erreichen, was in seinem Sinne liegt voll Sehnsucht nach dem Meer. Nur Mittler Bin Ich, wenn es darum geht, ein Ding hinüber und zurück zu tragen, eine Brücke der Holdseligkeit, auf der sich trefflich lässt verweilen. Mitte zwischen Soll und Haben, Nichttun zwischen allen Fronten der Betriebsamkeit und lächelndes Begleiten deiner Brünste Bin Ich ohne Zweifel, als Idol der Seinsgenügsamkeit, des Einigseins mit allem und des gütigen Verzeihens aller Fehlerhaftigkeiten auf dem Weg zu Meinem friededuftenden Exil.

5.9

Wohlan, es trifft sich gut und wie im Märchen, dass Ich endlich Meine Weiten vor Mir seh. Mir ist ein Himmel offen von unsäglicher Bedeutsamkeit des Seins in freiem Wehn und Laborieren als von Meinem Seligsein bestimmt und Meinem Reichtum an Gelegenheiten, Mich ganz vorn und ganz verspielt und vollen Phantasierens in der Menschenwelt zu sehn.

Die Liebe zu Mir selbst in allen Dingen gibts und nimmt es wieder; der Traum vom Schön-und-schöner-Sein verrichtet an Mir jenes Wunderwerk, an dem Ich Meine Freude und Mein Wohlgefallen habe. Bass vor Staunen tret Ich vor Mich selber hin und lobe, was Ich Bin und was aus Mir noch wird in ungezählten Variationen. Kein Vogel ist so flink in seinen Flügen, keine Mücke so getrimmt in ihrem Sausen, wie Mein Allessein vor Ort und Meine Weise, über alles zu verfügen.

Nimm die Nymphe: Sie ist nur in Meinem Ränkespiel so allverführend schön; die schwebende Libelle: Ihrem Flügelschlagen kann nur Ich in jedem feinsten Auf und Nieder folgen. So geschieht nichts ausser Mir, und so ist auch dein inn- und äusseres Gehaben Meines Daseins Gegenstand, Mein Wollen und Geschehn. Es läuten dich, dies einzusehn und macht dich gläubig in der Zeit des schweigenden Vorübergehns des Prüfungsengels, der in deinem Wanken wie Bestehn den Fortschritt will im hehren Ringen.

Leise senkt sich Nacht vor deine Augen; mählich dämmert wieder dir das Morgenrot der Hoffnung auf die Daseinsfreude und den frischen Takt im Wettlauf deiner Sphären. Immer will und muss Ich dich in Trab versetzen, dass du Mir nicht einschläfst in der Lebenswinde Wehn. Alleweil versuch Ich, dich präsent zu halten in den Gegenständlichkeiten Meines Wirkens, dass du eins und einig wirst mit ihnen und damit mit Mir, dem Unsagbaren, Unschlagbaren, Weiselosen im glückseligen Dich-Bedrängen-und-Verhängen, Dich-Erlaben-und-mit-Wonnesein-Begaben ausser dir und ganz in Mir mit jeder Faser deines Wesens und Verstehns.

Was in dir wirkt, kann Ich nur sagen; was dein Wollen ist, ist Meines Sinns Plaisir und Meiner Weisheit wonnevolle Gabe.

5.10

Also spricht die Welt: Ich weiss. Und also sprech Ich: Weisst du denn noch, dass du Bist in deinen Schwüngen ums Geschehn? Da fällts dir schwer, dies zu beweisen.

Bist du aber, so gewinnst du Ansehn vor dir selber, seins-bedeutender als je ein König es gewinnen mag. Du erklärst dich als dem Ewigen ergeben und vereint in aller Klarheit des Gewissens und in einer lässigen Schau auf das Getriebe, das dich unentwegt umbrandet und umtost. Ein himmlisch Heitersein entfaltet sich aus Weh und Klagen, reinen Herzensfriedens Ton aus der Bedrängnis deiner Zeit und das Gewisssein an dir selbst, als einem Wesen der Unsterblichkeit und Makellosigkeit aus wunderwirkendem Begründen.

Ich Bin es, der sich so in dir beweist als Rat im Raten und als höchste Zuversicht im suchenden Umkreisen. Stählung deiner Würde Bin Ich ebenso, wie Halt im Gleiten, Lethetrank vor aller Unbill und bedeutungsvolles Siegesrauschen. Was immer dir gebricht, Ich Bin dein Steigen, was dich liebelos verketzert, Ich bewahre dich in Unschuld und Ergebenheit vor Mir.

So geht es zu mit rechten Dingen, wo Ich Meine Hände halte ins gerissne Spiel, so flammt die Liebe auf am Leben wie es ist, wo Ich Mein Wort entsende der Begütigung und des holdseligen Herzensfriedens. Komm - und komme noch zu Mir, wo alle Stricke reissen; webe dir das Kleid der weichgefühlten Schmiegsamkeit in Mir, wo dich die Härte trifft des körperlichen Unbehagens.

Ich ruhe nicht, wenn dir die Zeit vorüberrinnt der prüfenden Gewalten und bereite dir derweil des endlichen Genesens Freudenmahl. Zutiefst getröstet, schwimmst du dann in Wonnen höheren Mensch-seins vor des Himmels Toren und erfährst dich als ein Heil- und Hellgewordener für Ewigkeiten.

Einen Schatz hast du gefunden: Mich im Wesen deines Seins und fährst nun gut und sicher und gekonnt auf allen deinen Strassen. Übernehme Ich das Steuer, wird die Reise dir zum Kinderspiel, die du diskreten Lächelns absolvierst und seeleninnig auch geniessest, Meinem Sinn gemäss und Meinen Lektionen.

5.11

Sprich mit dir selber, und gesteh dir deine angebornen Schwächen ein, die dich so unfehlbar an

Mich und Meine Gnade binden. Tu nicht dergleichen, als sei dein, was Mein ist, und verhalte dich wie einer, dem man alles schenkt vom ersten bis zum letzten Knöchelchen, von jeder Taube, die ihm zufliegt, bis zur Grabesruh, die ihn bedeckt nach seinen Wucherzeiten.

Leiste dir den Eid, dass du dir alle Meine Gaben rein erhalten möchtest und sie voll Ehrfurcht auch betrachten willst als Kunstwerk des natürlichen Erspriessens. Aus Mir selbst entfalt Ich Mich in dir und wirke, was Ich will inmitten deines Seins und deiner vielverschlungnen Angelegenheiten.

Nutzlos ist somit dein ständiges Hofieren nach allweltlichen Gewinsten, nach der Lust des Ansehns, nach Gesundheit, Geld und Macht, so du nicht Meiner Absicht Fährte dir erspürst und Meiner Seinsgediegenheit erhabne Dienste lässest in dich fahren. Ich weite aus, was dich beengen will und werfe Fracht- um Frachtstück über Bord, das deine Fahrt gefährlich will beschweren.

Alles, was Ich wirke, ist der Leichtigkeit des Seins, in der Ich Bin, dahingegeben. Jede Unart schmilzt vor Meinem wunderbar limpiden Strahl, in den Ich Mich versetze zum Gedeihen aller und zum Siege der Wahrhaftigkeit im Weltenringen.

Deine reine, feine Freude will Ich aus der Taufe heben am Gerechtsein Meiner Würde gegenüber, die in allem fusst und jeden Reigen anführt, der da wird zum Fest erhoben. Keine Wende ohne Mich, kein Wanken ohne Meinen Stoss und kein Erbarmen ohne Meine seelenvolle Liebeskraft, die alles Menschengültige lässt in sich selbst erwarmen.

Was ist ein Lob, wenn es nicht Meiner Fülle gilt im Seinsgewichtverteilen, was ein Kränzchen, wenn es nicht in Meinen Sinns ein Häuptlein ziert in den Journalen? Richtung Bin Ich, Aufbruch, Weg und Ziel und jeden Läufers Zeh und Ferse, Verve und Siegestriumphieren. Leuchtend steht Mein Stern an jedem Firmamente und bezaubernd Meine Sonne in des Lichttags Überragen vor der Welt und in und nach ihr im Unendlichen, dem Ich die Weihe und die Wesenskraft vergebe.

5.12

Halt im Innehalten Bin Ich Meinen Bürgen, Schnee der Weisheit und die Sonne des Gerechtseins vor dem Tor zur Seligkeit, das Ich allein verwalte. Nebensache wird, was vordem Hauptzweck war, in Meinem offenkundigen Answahre-Licht-Mich-Halten, Tatendrang nach dem, was Ist, aus Meinem In-dir-selber-Mich-Begründen.

Eine Fabel kann das nimmer sein, was so heiter, klar und hell daherkommt im Erkennen des Allreichtums Meiner Züge; sinnig, stimmig mit dem Ganzen tret Ich auf und stelle wieder her, was angeschlagen, abgedroschen, minderwertig oder fad geworden war. Faszinierend ist, was Ich dem Seinsgewohnten an Besonderheit und Billigung gewähre3 liebreich und galant, wie Ich dem noch Vereinzelten behutsam unter beide Arme greife, um es vor dem Hinfall in die Seinsgefälligkeit zu heben. Was dich immer kränken konnte, neigt dich nun zur Dankbarkeit dem weisen Winke gegenüber, den Ich dir damit vergab; was dich vor noch Schlimmerem bewahrte, gibt dir Kraft, das Angestaute zu ertragen und als prüfendes Gewitter anzusehn.

Bist du laut, so Bin Ich leiselicht dein wunderbar gesitteter Gespan; trägst du dich mit Sorgen, sag Ich Ja und Amen dazu, dass Ich das Geziemende, Vertrauensvolle und Erhaltende in dir entbunden habe. Witz und Andacht trag Ich ins Bewusstsein deiner Majestät vor allem Unerquicklichen, das mag in dein Besinnen fahren. Würde, Wachheit und Elan Bin Ich in deinem fabelhaften Mich-Umrunden. Alles Köstliche gewinnt in Mir die letzte Süsse, die es allbekömmlich werden lässt und schick für alle, die es in Mir suchen. Der Beginn ist jetzt und jetzt das Ende aller Abergläubigkeit vor Meinem immanenten Dich-Durchstrahlen.

Immer wirst du Meines Wirkens froh, wenn dich die Bächlein reiner Seligkeit von Mir durchrieseln, wenn du offenen Sensoriums Mein Heimweh nach dir spürst und Mir das deine offenbarst in zuversichtlichem Dem-WeltentriebEntsagen. Leise lass Ich in dir das Harmonische an sich erklingen und versetze dich in einen Zustand reiner Wonne in den Sphären seelenvoller Ruh, die Meinem Anhang angehören. Ich erlabe, was du Bist, mit tröstender Gebärde und verrichte an dir Werke der Barmherzigkeit von unerreichter Glorie und seinsbeseligenden Gnaden.

Bekannt sind dir die Regeln Meiner Kunst, die Guten zu belohnen und die Liederlichen an die Strippe Meiner Besserwisserei zu nehmen. Lohn ist jede Stunde stillenSeinserkennens, die Ich Mir in dir gewähr. Gut ist, wasMich zu Mir selber führt in jeder Art des Unterweisens, sei es das Gemurmel der Glückseligkeit in einem offnen Herzen, seis die tiefe Wehmut über eine Wunde, die Ich Mir im Sammelsurium der Weltenzeiten schlug.

Keine Achtung vor Mir selber haben heisst, den Plan vergessen, der in neue Höhen, Weiten und Errungenschaften führt, heisst, die köstliche Verheissung in den Wind zu schlagen, dass Ich auf dem Weg bin zur Allherrlichkeit des Wesens und der Schau der inneren Güter, die allwie in Samt und Goldbrokat geschlagen vor dem Geistesauge glänzen und Bewunderung erzeugen um sich her.

Sein ist eine Eigenschaft, die trifft den Nerv des Weltgebarens und befördert die Gewissenhaften in den Zustand fabelhafter Ruh im Ozean der Sphären.

Bist du, brauchst du weder etwas noch zu wollen, noch zu tun, weil das Erreichte endlich dir genügt und deine grössten Fernen sind zur Nähe dir geworden. Im absoluten Schweigen mehrt sich dir die Fülle des Allherrlichen, in dessen Auge du dich findest wie im Zentrum des Taifuns, in seelenseligem Verweilen, buddalächelnd und voll Liebe für das Noch-zu-Kommende auf vielverzweigter Geistesspur.

So sorg Ich Mich um nichts und sorge damit für Gediegenheit und Harmonie in Meinem Umkreis und für liebe-lauteres Benehmen. Niemand hat noch Grund, Mich anzustechen oder Mir ins Wort zu fallen, weil Mein Sein die lautre Wahrheit präsentiert und Meine Fülle überfliesst zu allen, die sich an Wahrhaftigkeit und Liebe laben.

Mitte Bin Ich Mir und Raum im abergrossen Raumen, dem die Sterne ihre Macht verdanken und das Wunderlicht, das sie versprühn. Hell und heiter ist, was Mein Bewusstsein, ewigkeitentrunken, als gegeben und verbürgt erfährt und was es als ein Kleinod hütet der Holdseligkeit im Reinen und des Schöpfens aus der Pracht des Weiselosen im Allhier.

5.13

Geboren, um Erlösung zu erreichen, Bin Ich Mir im Schaum des Weltenschlags und Bin Ich allsolange, wie der Schleier Meiner Illusionen Mich um das Erleben Meines besten Teils betrügt. Da recht Ich um Geringes nach der Art der kleinen Fische, die nach Mücken schnappen, und entfremde Mich von Mir mit jedem Schritt ins dichte Weltgewühl. Das nährt wunderbarerweis die Sehnsucht nach dem Auferstehn ins sonnenklar bestimmte Sein, das rundum rundläuft und kein Fräglein offenlässt nach so und so und so.

Was heisst es denn, im Sein zu stehen und die Früchte eines langgedehnten Aufstiegs zu geniessen, als Befreiter und Befreite von der Qual des Suchens und des Wunschgestattens noch und noch im Sog der

Ambitionenhorde, die uns stets auf Trab hält offenbar? Es heisst, die Mitte wie den Umkreis als das Eine zu erfinden, das in allem seiner Wege geht und aus sich selber sich entfaltet ins glückselige Erkennen der Ich Bin-Natur. Kraft zu Kraft und Saft zu Säften wird dann fliessen, ungehindert als ein Lebensstrom von unnennbarer Süsse und von Epenbreite des gestaltenden Elans. Jeder Hind'rung bar betreibst du das Geschäft des hurtigen Vorwärtsstürmens auf der Phantasienbahn und brichst das tödliche Verschweigen deiner wahren Würde, die im Absoluten seine Abkunft feiert und in Ihm die Kreise wiederfindet seines Zielens.

Schön der Reihe nach Bin Ich Mir auf den Schlich gekommen Meines innigsten Geheimens, das sich so gekonnt verbirgt, damit Ich suchend Mich erbaue und dem Bau die Züge Meines Eigenseins verleihe, auch in dir. So schweigt das Neu-Erspriessende mit Macht dem Reiz des Ungewöhnlichen entgegen und wird doch im Innersten genährt vom selben Urquell des Begeisterns, der Ich Bin und der in nimmer übertroffner Grazie sein eigen Land begiesst im Überschäumen.

Losgelöst vom Rad der Zeit, Bin Ich Mir Meiner eignen Traulichkeit Gefährte und sinne und bestimme jeden Schritt als in die Wonne Meines Gegenwärtigseins versponnen. Weder Tatendrang noch Ruh berühren, was Ich, weiselos geworden, vor Mein Angesicht zitier. So wes' Ich wesenlos dahin als Sein im Sein und als Bewusstsein ewiger Glückseligkeit im Reinen.

5.14

Vorderhand gibt nur das Schweigen der Gefühle dem Gefühl der Einheit Auftrieb, das Ich meine. Mach dir nichts mehr vor im Streunen der Gedanken, und erhebe sie zu Mir, der Ich in allem Bin, das Einssein mit dem Höchsten zu erfahren. Das ist wahre Freiheit, die dich dann beseelt, wenn dich nichts Eigensinniges mehr an deine kleinen Werte fesselt und dich daran hindert, Meiner Grossmacht dich zu freuen in der Fülle des Unendlichen. Nicht von hier und doch in jeder Grille deiner Regsamkeit Bin Ich Mir selber Bruder und Gespan und trage Wasser auf die eignen Mühlen, ob dus weisst und ob dus auch noch nicht erkennen magst in deinem Dich-Ergründen.

Meilensteine setz Ich an den Weg des Seinsvollendens, den ich unbeirrt und unbescholten geh, die Strecke zu ermessen, die Mir Raum und Geistesrüstigkeit verlieh. Gar viele sind es schon geworden und noch viel mehr werdens sein im Zuge unerhörten Ringens um erhabne Klarheit über Meine Würde und Mein Ziel. Immer weite; immer höher setz Ich Meine Marken und erfinde Mich in immer neuem Stil. Bedeutung paart sich mit Bedeutendem zu grandiosen Weltenwunderwerken, die voll Leben, Grazie des Erscheinens und voll Sinnkraft vor sich selbst bestehn. Geliebte Meines Glutens sind sie Mir, Gesegnete des Allumrundens, das Ich Mir befehle.

Zweifellos am Echten, trag Ich Schönheit, Weisheit, Harmonie und Meisterschaft aug Meinem Zelte, dass sie alle sehn mit Augen aufgegangen und beseligt von dem Unerschöpflichen, das sie begeistert und belebt. Dem Nimbus Stärke und der Glorie dezentes Strahlen leih Ich ohne Unterlass und weiss die Qualitäten Meines Seins gekonnt zu steigern und Mir selber darzureichen.

Blatt um Blatt beschreib Ich Meiner Tugend in begeisternder Manier und halte schwebend Mich im Reinen der Unendlichkeit - der Hoheit, Heiterkeit und ewigem Erwachen zugetan.

5.15

Dem Pendelschlag der Zeit dahingegeben, walle Ich von Sein zu Sein und von Bewusstsein zu Bewusstsein sondergleichen. Auf und ab und hin und wider tritt Mein Ich-Sein von der äussersten Vereinzelung ins Allgemeine und erlebt sich im Bewundern aller Seinsgeschicke, die da sind und sich bedingen und umringen, weltgegeben, unbedingt und wahr. Schauplatz vieler handelnder Gestalten ist Mir dies, die traumverloren ihren Reizen nachgehn und Gelegenheiten fassen und verpassen, einen Schwick vom wahren Leben zu ergreifen und an ihm sich aufzuwecken in die Wirklichkeit des Seins in neu erblühten Sphären. Wer da mitkommt, ist bezeichnet mit dem Siegel der Gerechtgewordenen am Sinnkreis, der sich über alles breitet und Bezüge schafft von unerhörter Harmonie in allen Lebenslagen. Alle Tröstung, Redlichkeit und Anmut liegt darin und aller Seinsbeglückung trauliche Gebärde, die von dannen kommt und dorthin wieder sich verweht nach eigentümlichen Gesetzen und Gelüsten offenbar. So trägt sich zu, was immer Ich begehre; so laufen viele Dinge vor Mir her aus unbewusstem Drange, wie in absoluter Wachheit des Bedenkens. Lautlos, ungesehn und doch wie nichts präsent Bin Ich in jedem Fall und reiche aller Hände Hand dem Wohlgelingen dar, das Ich erwartungsvoll und weise intoniere. Wer kopflos ist, mag dies nicht einsehn, doch der liebevoll beschauende Verstand begreift das Ausmass Meiner Güte und bemüht sich um die Siegespalme noch in jeder Phase seines Ringens und Bestehns. Du lebst und webst am Tuch der Evolutionenträchtigkeit, die sich am Myriadenkleinen nährt und ihre Grösse dem verdankt, was täglich sich zusammenfindet und verhätschelt und verstösst, begrüsst und liebevoll Gemeinsamkeiten testet in der Zeit Vorüberwehn. Nichts ist gering in Meiner Weise,

Mich zu definieren und die Zukunft zu entlasten von Verzweiflung, Angst und Not. In Mir gelingt, was Ich so meine, und aus Meinem Alphabet setzt sich kein Wort der Missgunst und der Misslichkeit zusammen. Edel, lauter, wohlgesonnen und gesättigt Bin Ich von der Fülle, die Mir innewohnt und deren Ich Mich pausenlos bediene, um das Wonnesein zu stärken, dem Ich Mich ergeb. Trau Mir zu, was dich Mir traulich macht, und wende dich in Mir zum ewiglich Gesundeten und Guten.

5.16

Walken heisst, dem Fell zu Leibe rücken, um es zu veredeln und zur Brauchbarkeit zu bringen im Allhier. Meines Walkens Elegie ereilt dich auf dieselbe Weise, um Erbauung, Gründlichkeit und Treue zu erzeugen. Zieht dich etwas nieder, so gewahre Mich in deinem Bangen und Mein Aufgebot zur Prüfung deines In-dir-selbst-Bestehns. Beweisen musst du, was du Bist und was dein Mich-Sein dir bedeutet alleweil und allgemach und allbedeutend.

Dass du Meiner Absicht hintennachhinkst, muss sich immer wieder als fatal erweisen, denn Gesetze können nicht verludert und geschändet werden. So scheint manches manchem Blicke all so schön; innen aber ist es hohl und stickig, brüchig und schon dem Verfall anheimgegeben. Rate, was da kommt, und komme Mir nicht solcherweis entgegen. Die Betriebsamkeit will täuschen und betäuben und entzieht dem Armen Meinen reichgefüllten Korb an königlichen Gaben, die das Ewige sättigen in dir.

Erbaue dich am Rauschen einer Melodie des Seins von Meinen überwältigenden Gnaden! Entschlüpfe deiner Larve, und sei freier Schwinger in den Sphären Meiner selbst, die von Beseligung und Lichtheit, Güte und Bezauberung triefen! Was schlief, wird auferweckt in Mir, was sich verwundete - geheilt, und was der Bangnis und Verlorenheit anheimfiel, wird in Mir gefunden und verbunden, wesenhaft und stillvergnügt und schön. Ich warne und erbarme, stosse und bestosse, füge zu und bei und achte die Geächteten als Meines Allbefindens Transvestie. Unlauteres wird in den Strahl der Liebe fallen, den Ich hilfereich versende, um das Missgeleitete an Mich zu ziehn - weil Ich bewahre, was Mir immer angehört und weil Ich hörig bin dem Übermass an Schmerzen.

So überzieh Ich Meinen Horizont mit Bildgehalt des Guten und gestatte Mir, gelassen, heiter und gekonnt dem Weiteren den Weg zu weisen und ins Weite, Prächtige und Unerschöpfliche zu gehn. Mein Name ist Begeisterung am Werk und Meine Tugend die Gelehrsamkeit am Wollen.

Niemandsland um Niemandsland will Ich erschliessen, Erhabnes und Erschütterndes in gleicher Weise tun, um Mich zu sein in aller Winde Variationen und Mein Heimweh zu verbreiten nach Mir selbst und Meinen stillsten Kapriolen.

5.17

Gerade recht, für was Ich an Mir selber tu', bist du, Mein kurzgeschornes Schäfchen auf der Lebensweide im Allhier: ein Argument, das vieles klärt und viele von der Seinsverbannung in Mein Wirkliches und Meine Wirklichkeiten führt. Hast du dich ausgestanden, stehst du wie der Cherub vor dir selbst als Meine Signatur und richtest dich nach dem, was Ich dir Bin in allen Funktionen.

Nachdem du ungeniert ein Sesselkleber warst, erreichst du nun die äusserste Beweglichkeit im Sein und Denken, in der Hand, die sich voll Mitgefühl auf einen Scheitel legt, wie in der Sternfahrt zum erhabnen Allvereinen. Bewährtes fällt dahin, und

Unerhörtes dämmert auf im Lichterscheinen. Laut und leise kündet sich ein neuer Frühling an des Werdens im Galanten und Verwandten, im Gelösten und Erfahrenen, gerade vor dem Tor zur letzten Seligkeit, die Ich Mir Bin, im Immerschauen. Lass dich los, und meistre das Verhältnis zu den ewigen Dingen, die dich noch wie Schemen unerkannt umstehn. Klar und festgefügt soll dir ihr Walten allsobald erscheinen, wie sich deine Sinnlichkeit verflüchtigt vor des Seinserkennens Strahl. So gewinnst du aus Verlusten deiner Stärke Siegeswind und waltest deines Amtes als ein ururalter Avatar, des Klugheit und Erfahrenheit weit über allen handelsüblichen Begriffen ein Idol ist des Begreifens und Die-Weltaufs-innigste-Verstehns. Mit wem du umgehst, musst du dir schon selber wählen. Sind es Gassenhauer oder Zugelassene zur himmlischen Gastronomie, die sich als allerbeste Führer durch die Reiche Meines Seins erweisen? Sie grüssen den, der kommt, in Meinem Namen und gestatten ihm, das Seinswahrhaftige zu prüfen auf Bestand und Wonne des Erfahrens. Allsobald ist Mir ihr Wille zum Verweilen sicher, weil der Seinsgewinn noch jedes andere Gewinnen um so vieles überbietet, dass kein Zögern aufglimmt oder anderes Erwarten.
Ich Bin bevor Ich war und werde sein, wenn Ich schon längst gewesen. Philosophie der Unbedingt heit und des Rätselratens um das Wirkliche, das sie bezeichnet, und im wunderbaren Sein dem Überglücklichen gewährt.

5.18
Gewissenhafte sind in nennenswertem Vorteil den Zerfahrnen gegenüber, die nicht wissen, was sie wollen und nicht wollen, was als Wissen sich gesammelt hat in ihrem Sich-Begründen. Nager an

der eignen Schnur sind die Verletzer Meiner Seinsgesetzlichkeit in ihnen, ohne dass sies merken im Gewühl. Erst wenn sie fallen so und so, fällt ihnen auf, was sie verbrochen, und es regt sich das Geziemende in ihres Wünschens Strahl. Die Tür geht auf zu Mir, sowie das Selbstbesinnen anhebt und das Liederliche seine Kraft verliert im maienhaften Tauschen.

Rot wird rot, und rüstig wird die Tat des Vorwärtsschreitens auf der langgedehnten Brücke vom Exil ins Land der Väter und Vasallen der Gerechtigkeit am Leben. Kopf gewinnt, und Zahl muss scheiden, Qualität erreicht Bedeutung vor dem Vielen, das die Sinne in Verwirrung stürzt und die Potenz zerfasert obenhin. Mein Weistum macht sich breit in Volk und Völkerschaften, sammelnd, was erhält und Poesie verbreitend Meines hochgebenedeiten Glutens.

Ohne Zweifel fürbass gehn, ist die Devise Meine; aller Zeit, als Kern der Sache und als Knacknuss für die Ängstlichen, die immer nur das Problematische umschwänzeln. Reiz der Reize ist Mein Spiel auf der fidelen Fidel der Bedenkenlosigkeit im Grünen, das Mir wie gemalt entspricht und Munterkeit in Szene setzt in hellgestimmten Tagen.

Mein Mich-selbst-Beweisen lässt aus Rosenblüten süsse Früchte werden und bestimmt den Adel, der in Meinen Zügen liegt und Meinem Walten im Natürlichen, in das Ich eingewoben. Jungbrunnen Bin Ich allem, was Ich streife und das Lächeln der Holdseligkeit im Mich-Vergeben sonder Wahl. Bist du nicht von der Sonnenhaftigkeit gesegnet, die Ich seiend um dich leg? Ist nicht die Wärme dir ins Herz gedrungen Meiner Anteilnahme am Geschick, das dich betrifft und dein Dich-Wohlbefinden in den Freudentagen?

Also Bin Ich deines Heils Begründen, Meiner Linie treu und Meiner Ehre in der Welt, die Ich in glänzender Verfassung, Tauglichkeit und Harmonie

Mein eigen nenne, jetzt und immer weiter in der
Vielfalt ihrer musterhaften Zeichen.

5.19

Wo sieg Ich, wenn nicht in der unerschütterlichen
Folge Meines Bildens von Vortrefflichkeit und Güte
in den Sphären Meiner Grossmut und Barmherzigkeit und Meines unerschöpflichen Mich-Verstrah-
lens. Alle Meine Aktionen laden zur Bewunderung
ein, die Ich Mir selbst gewähre als Gefälliger vor
dem eignen Thron. Gewarnt sind jene Füchse, die
sich in der Tat zu einem Gott erheben wollen und
unweigerlich dem Sturz verfallen in der Blässe ihrer
Kreatur. Wer rüttelt schon an einer Burg, die vom
Bedingten in das Unbedingte reicht und alles
überwaltet, was da nichts als Schulden muss
bezahlen.
Taufrisch in der Glorie sitz Ich hingegen und gelange
ans Gelingen jederzeit und jedem Widerstand
entgegen. Meine Wucht ist in den Lauf der Sternwelt
eingeschrieben; Meines Wortes Klang ertönt aus
jedem Busch und Tal. Wie könnte da ein Andrer
andern Umgang produzieren? Unbemerkt bemerk
Ich jeden Windhauchs Intonieren, zieh im Zögern
Meine Bremsen an und lasse wieder volle Kraft in
alle Weiten fahren.
Nun geschiehts, dass Ich die Übersicht auch in der
Menschenwelt gewinne als im Auge des Erkennens
in der Auserwählten Zahl. Sie sinds, die Meinem
Ich-Sein Hort und Heimat, Achtung und Gewicht
verleihen als dem Phänomen des Wesenhaften, das
von A zu 0 und Ost zu West den Lebensraum
durchzieht und in ihm seine Rechte will bewahren.
Kunst der Einheit, Kolportage einer innigen Geschichte, die so viele wegen Mangel an Gehörnis
nicht verstehn.
Ich webe. Meinem Eintrag beugt sich alles Welt-

geschehn und beuge Ich Mich selbst am eigenen Gestade. Jede Morgenröte zeigt Mein Kommen an, und jeder Weggang ist ein Teil von Meiner überragenden Gebärde des Entgleitens. Neu im Wandel, fest im Sein Bin Ich die Wiege aller Dinge und das Versmass der Gerechtigkeit an Mir. Dem Seelenvollen, Weichen, Zärtlichen Bin Ich besonders zugetan in Meinen schönsten Abgeschiedenheiten, wo der rote Mohn die Mondnacht ziert und sich die Liebenden den Dienst der Hingegebenheit erweisen. Tau der Tränen muss es sein und Tau ergreifenden Brillierens, was Mich prägt und was Mein Schauen mild und gut und reich und rein und selig werden lässt im Alles-Überwalten.

Gnade der Glückseligen

6.1

Bin Ich Mir gehorsam oder nicht, ist hier die Gretchenfrage. Habe Ichs verpasst, den Lenker Meiner Troika zu finden, dass der Wagen nun in wilden Sprüngen seiner eigensinnigen Wege geht und Bruch erleidet noch und noch in seinem Wüten? Suchen sei dir nie ein Spiel, sondern eines aberernsten Drängens Wettlauf um Verständigung in Treu und Glauben, um Beharrlichkeit und Tugend und Gewissenhaftigkeit im Toben des Gefühls! Dann mag es dir gelingen, Mich als Den, der lenkt, zu sehn und Meinen Bogen als den seinsgerechten zu erkennen auf der grossen Fahrt ins Ungewisse, Seinsgewisse deiner Zeit und deines Webens. Holder Nachklang jeder guten Tat ist das Gefühl, du seist fürs Weltenganze wacher und geschmeidiger geworden. Einer Ahnung folgend, fängst du wieder gleich von vorne an, dein Wollen nach dem Absoluten auszurichten, das da glänzend und erhaben als ein Ideal vor deinem Schauen steht, und deinen Schwingen Auftrieb bietet für die Lust zum Flug ins ewige Begreifen.
Ich biete Mich in allem an, wo wahrhaft Grosses will vonstatten gehn, wo sich die Stäbe des Gewissens biegen sollen um dem eingesperrten Vöglein Freiheit, friedliches Gezwitscher und Aufschwung in den Himmelsraum zu weihen. Metamorphose der Gedankenflut muss werden ins alleinige Vertrauen auf Mein Los der Siegessicherheit, das allem innewohnt und das herauszuziehn ein jedem ist gegeben, der da will im Kampf um Weisheit und Gelassenheit bestehn.
Zwar misch Ich Mich in alles; doch die Mischung musst du selber wählen nach der Einsicht, die dich leitet ins Geschehn. So kann aus Ruhelosigkeit der Zauber des gelösten In-dir-selbst-Bestehns erwachsen, aus ödem Dämmer Strahlenlicht des Seins und aus der Wehmut Gnade der Glückseligkeit in

Sphären überirdischen Erlebens.
Das Raumreich zieht dich an und wiegt dich in die
Gründe der Unendlichkeit, wo du in ewiger
Wachheit Bist und sich die Sterne deine Wundertat
im Strahlenlicht erzählen. Zu dir kommend kommst
du rechtens bei Mir an und reckst dein Seinsbefinden
in die Fernen Meines Wehns, wie in die wonnevolle
Nähe überseligen Mich-Begreifens.

6.2

Wohlfeil scheint den Mächtigen die Innosenz der
Kleinbegüterten und reizt sie dazu, sie nach Strich
und Faden auszunützen nach dem Motto: «Flinker ist
geschwinder», zur Vermehrung eignen Wohls. Nach
Meiner Sicht hingegen öffnet sich ein jedem
Weltenbürger die verheissungsvolle Perspektive:
«Ich habe, was Ich Bin». So heiss Ich dich, den
Unterschied zu kosten zwischen deiner Situation im
bürgerlichen Leben und dem Sein an sich, das du in
ewiger Fülle des Beschenkens Bist, hoch über allen
Stolpersteinen, die dein irdisch Dasein malträtieren.
Lächeln darfst du in die Weiten deiner Seinspräsenz
aus Lust am Freigefühl und aus der Einsicht, dass du
unentrinnbar Bist an Mich gebunden. Schal ist die
Schale, die nicht solcher Fülle sich erfreut,
behindert, wer sich Meiner zärtlichen Behinderung
entzieht, die Ich den Meinen planvoll oktroyiere.
Last um Seelenlast entfällt, wenn du beginnst, Mein
ehernes Gewicht zu spüren; Unrast weicht der Ruhe
des Gemüts in allen Situationen, wenn du weisst,
dass Ich dahinter steh, den Sinn zu prüfen und die
Sinnlichen bachab zu schicken in der Weise Meiner
rabiaten Remedur. Ich mag nicht streiten, weil doch
jeder jeden Vorwurf strikt bestreitet, der ihn zur
Besinnung bringen könnte, um der Schande zu
entgehn. Wahrlich tragisch, denn hier gehts darum,
zu lernen wie man sich benimmt, um Einsitz in die

Sphären höheren Besonnenseins zu nehmen. Darum: Was du schicklich findest, tu', und was den leisesten der Zweifel dir verursacht am Gerechtsein, lasse fahren. Mählich weisst du, dass du Bist und das Ich Bin in dir, weit über deinen Nöten. Dann wirst du deine Brötchen im Bewusstsein streichen, dass sich Kümmernis nicht lohnt und dass Ich deiner Freude Wimpel Bin in allen Lebenslagen. Weide dich an dem, was Ich dir hier besage, allen Ernstes und mit weihevollem Blick aufs Ganze, dem du angehörst in Lob und Tadel, Wirksamkeit und Ruh, als ein Verbündeter und liebevoll Gehegter Meiner Gnaden.

6.3

Wie Sand zerrinnen dir die Stunden, Monde, Machenschaften deiner Zunft unter Meinem Marschbefehl. Du stocherst mild und wild im Tag herum, versuchst dich da und dort und hin und her und hütest dich dabei, die Zeit zu zählen. Plötzlich ist sie um, und du gewahrst dich selbst, indem Ich Mich in dir gewahre, als der Treiber und Getriebene, der Reiter und das Pferd, der Apfel und der Biss ins Saftige. Du weisst, Ich Bin in allem, was Ich um Mich breite, und bedarf in Meinem Schauen nicht des Zeitenstroms. Es gelingt Mir, minder als im Nu Verwirklichung zu zeugen, Bilder von Lebendigkeit und Süsse vor Mir auferstehn zu lassen, ohne jeglichen Verzug. So ist für Mich schon fertig, was du längst nicht überwunden; so Bin Ich immer schon am Ziel. Ich bleibe, wo du gehst. Ich atme Einheit, wo du unterteilst und dich verfängst im Netzwerk der Sekunden. Mein Los ist, für Entwirrung dort zu sorgen, wo du dich verhaspelst und der klaren Definition entbehrst in deinen Runden, deinem Schinden, Winden und Allmählich-zu-MirAuferstehn. Dann Ist, was Ich so meine, dann glitzern Meine Fäden auf dem mäuschenstillen Stuhl und lassen das Gewebe als vollendet dir erscheinen.

Keiner Mühsal inne Bin Ich Mir der Überwinder auf dem Thron der Herrlichkeit und des allherrlichen Gebarens, Bin der seelenselige Erfüller eigenen Verheissens und der Wancirer an der Wunderstätte, heil geworden nach so langem Trab. Immer wähn Ich Mich im Frieden und berufe Mich auf Mein Gedulden an der Sache der Gerechtigkeit, die Ich betreibe.

Meine Weise ist um manche Eile grösser, als dein aller-kühnstes Spiel; Mein Wille wie ein Bann auf deinen Äckern und Mein allerinnigstes Geständnis eine Melodie von Süsse und Getragenheit, von Schmelz und Lauterkeit im Reinen.

Hinter allen Bergen ist Mein Nest des absoluten Wohls und der Gediegenheit des Weilens, Meine Stätte der gelassnen Heiterkeit und des hauchzarten Sinnens um den einen Pol.

6.4

Mein Sinken ist zugleich ein majestätisch Aufer-stehn, Mein Sonnesein ein unauslöschlich Strahlen. Im Augenblick empfinde Ich in Mir - und also auch in dir - die allergrösste Freude, jene Freude nämlich, dass Ich Bin das unermesslich reine Wesen der Unsterblichkeit. Fürwahr Ich wallt, schalte, halte immerdar und lichte, was zu lichten ist mit unaussprechlichem Erbarmen. Nie wende Ich Mich ab von Mir, weil Ichs nicht kann, da alles Mein und Mich ist in der Allpräsentheit Meines Wesens.

Nur geschiehts, dass Ich im Unverstand Mich vor die eigne Türe setze und geringer sein will, als Ich Bin voll Souveränität und unbedingtem Handeln in Gerechtigkeit und Würde Meines Wesens. Das allein erzeugt die Schrecken jener Teilung, die sich dann

vollzieht und das Verkennen schafft der Seinsbe-
wusstheit, deren Ich Mich freue in des Allgefühls
Beschrieb.
Nur immer zu auf Meiner Spur sollst du dein klein-
kariertes Ich ertöten. Daraus erhellt sich, was Ich in
dir Bin und möchte an das Weltensein verteilen.
Auferweckt aus deinen Träumen, wirst du Zug um
Zug Mein Angesicht erraten und dir selbst Gewähr
sein für das Wesen, das du Bist in Meinem
Dich-Umranken-und-Durchglühn. Erhebt sich dei-
nes Glanzes Sonne, Bin Ich, was du Bist und
überstrahle dein herzinniges Bedenken. Es beugt
sich das Gezähmte Meiner Unbestechlichkeit im
Reinen, wirft sich vor Mich hin und erntet Meinen
Bei-Fall als Geschenk des himmlischen Vergütens.
Mache, lache all so lange wie Ich in dir steh, und sei
gewiss, dass alles dann sich abspielt in
vollkommenem Vollenden und in Harmonie mit
Meinen Geistern des gerechten Ausgleichs, welche
Kraft zu Kraft und Liebenswürdigkeit zu Liebenswürdigkeit verteilen.
Bist du, so brauchst du dich des Hierseins nimmer-
mehr zu schämen. Deine Segel blähen sich in voller
Fahrt Mir zu und reichen sich den Wind in
spielerischem Sputen. Hoffnung heisst ihr Zug ins
Weite eines Horizonts voll segenspendendem
Erwarten und Gelingen ihr Final, wenn sie im
sichern Hafen stille stehn.

6.5
Das Lang-Vermutete ist eingetroffen als ein Hoch-
erhabenes auf Meiner Bahn: Was Ich Mir Bin,
erkennt sich als das Wirkende und Wirkliche in allen
Graden, Regionen und Begünstigungen, die Mein
Teil sind und Mein unverlierbar Axiom im
Vorwärtsstreben.
Galant und gebefreudig giess Ich Wasser auf die

Mühlen Meines seinsbestimmenden Elans und schaffe an den Hürden wie an allem, was sie überwindet als ein Nimmermüder, Nimmersatter und Gelehrter aller Weisheit, die da will sich ins Verwenden tragen. Sage Mir, ist das nicht schön und würdig eines Meisters aller meisterlichen Taten? Ich behebe - und es wird als Kleinod aller Weltenwunder in den Augenblick gezogen; Ich warne - und die Dinge ziehen sich mimosenhaft zurück, um sich nicht weiter zu gefährden. Seinssubtil und jedem Anwurf überlegen Bin Ich zweifellos das Haupt, an dem die Glieder hangen, das Gewissen, dem Gewissenlose unterstehn und die Berührbarkeit, an der die Ausgesetzten sich erlaben.
Wie von Gold sind alle Meine Äusserungen am Gestade Meiner Gottnatur, von Edelmut getränkt und Gütewillen allem Lebelustigen zu in Meinen Gauen. Nichts ist Mir zuviel und alles noch zu wenig in der Absolutheit, die Ich unbedingt verlange als Mein eigens für Mich formuliertes Ziel. Dabei verschweig ich nicht, wie viel es braucht, es zu erlangen und zu hangen und zu bangen, bis die Wimpel auf Erfüllung stehn. Kraft von Kraft ist Mir gegeben und Verwundbarkeit im Wunderbaren Meiner Zeit, die Ich Mir heile Zug um Zug im Ritus Meines Lernens und Verstehns.
Erlöst von jedem Soll und Haben, finde Ich Mich ganz ins Sein gebettet, das Ich Bin und das Mein allergrösstes Sehnen stillt nach Übersicht und Weilen, nach Gerechtigkeit und Wonne des Bescheidens. Fern jeder Absicht, wuschlos ruh Ich in Mir selbst, zur Weiselosigkeit gediehen. Lichterweis erheb Ich Mich ins Träumen von der Wachheit und ins Wachen vor dem grossen Traum, in den Ich Mich im Weltenall begebe. Sammlung vor der Zeit und Zeirensammler Bin Ich Mir in einem, ewig mit dem Seligsein verbunden, das Ich Mir im Innersten gewähr.

6.6

Vielleicht, vielleicht ein Zimbelstern mags sein, der Mich erweckt in höh'ren Regionen Meiner Fasslichkeit und Meiner Würde vor Mir selbst im Überwinden Meiner Unerquicklichkeiten. Heimfahrt will Ichs nennen in den Tempel des allherrlichen Gesundens an Mir selbst, das Lispeln der Verträglichkeit mit allen Dingen, die Mir Mein bewusstes Sein erschuf. Nun habe Ich gefunden, was der langen Suche nach Mir selbst den letzten Sinn verleiht; dem Taumel hab Ich Richtkraft und Gefälligkeit gegeben und dem Seelensein die ruhige Vertrautheit mit dem Allgefühl.

Erhabnes hat sich Niederem verbunden, Erlöstes ins Erlösungswürdige gegossen und Gezähmtes vor die Füsse der Allherrlichkeit gelegt. Aus Bitterem ins Süsse, aus Wehmut ins Gedeihen und aus Rauhem in die Zärtlichkeit des Himmels Bin Ich Mir gestiegen. Das Netzwerk des Erbarmens hat Mich eingesammelt und erhöht; die Taube der Holdseligkeit hat Mir das Friedensästchen zugetragen. Nun ruh Ich im Geheimnis Meiner Liebesboten, die in weichen, weiten Schwüngen sich ergehn und Meinem Aufenthalt Beglückung, Leichtigkeit und Makellosigkeit verleihen. Geeintes wird zur Schau des friedefertigen Verweilens, Besonnenes zum Nachklang der Enthaltsamkeit und Liebevolles zum Vergeben unermessnen Trosts an alle, die da weinten.

Nun hab Ich nichts mehr als die Sprache und das Sein, das man mit keinem Wort beschreiben kann. So muss Ichs Mir umschreiben als die Wiege aller brodelnden Gesetze, als Statur des Umhangs, als die Seele jeden Flötentons. Des Lächelns Innigkeit ist sein Sich-Finden in der traulichsten Gewähr, der Blüte Reinheit die Verwandlung seiner selbst in hochentzückende Natürlichkeit und Lieblichkeit des Lebens.

Kein Jota ist zu ändern am wahrhaftigen Ich Bin, das alle Schönheit aus sich bildet und das Himmlische ins All versendet als der Weisheit Überfluss und des Besinnens Meistergabe. Finde dich in Mir, versichert Es, und du Bist heil bis in die tiefsten Gründe deines Wesens. Lausche Meinem Einfluss, und versenk dich in den Reichtum Meines Rauschens, bis du ganz Mein Schwingen, Singen und Gelingen bist geworden. Heb die Stimme himmelan, und jauchze deinem Sein in Meinen Gründen Dankbarkeit und Herzenswärme, Wonne und Vertauen zu in Kindeseinfalt und erlebtem Seligsein im Liebelicht der Sphären.

6.7

Geschwind, geschwind ins Märchenschloss, wo tausend Heimlichkeiten und Verstiegenheiten sich erfüllen und die Lebensfreude huscht durch Kammern, Kemenaten, Küchen, Keller, Giebelchen und Lustbalkone. Weisst du schon, dass ich damit den Sinnenwandel meine, der dir alles Dasein in ein wunderbar geklärtes Spielwerk kehrt und dich befähigt, als in Götterunschuld aus der Toseflut zu steigen. Ich mach alles neu, will Ich dir sagen, heile dein Bewusstsein und beeile Mich, dein Part zu werden im Gesang der Fülle, der Mein Tun begleitet im Errichten fabelhaften Weltenwohls.

Es ist dies alles zu erschweigen in Absenz vom Strudel der Geschäfte und der dauernden Geneigtheit, mehr zu fordern als zu geben in den grossen Pool. Sei vernünftig, sag Ich, und verschliess dich nicht dem werbenden Signal, das Ich in alle Welt entsende, um verlorne Schafe heimzuführen und ihr Wachsein zu begünstigen in jeder Weise ihrer Einsicht ins Geschehn.

Barhaupt und geschoren sollst du vor dir selber stehn und deinen Irrlauf mit dem Wort besiegeln: Bin Ich nun, so brauch Ich Meine Werte fürder nicht im dicken Fell zu suchen und im Löken wider die Natur. Mein Sinnbild ist der Gottesstrahl, der alles durch Mich regelt und sich Mir auf Ehr und Treu verbündet, so Ich will sein Wirken blank und wohlgemut erfahren.

Teilen, heilen, weilen ist Mein Los im Gnadentum der Weiten, die Mich sanft umhüllen und feiern mit Mir den Willkomm im ewig glänzenden Azur, dem Ich Mein Seelensein dahingegeben. Warten heisst, erwarten eines Wunderbaren, das da kommen muss in Mein bewusst gewordnes Lebensritual. Mein Alles will Ich dafür geben, dass Ich aus der Gruft der tausend Kleinlichkeiten aufersteh und Mich zum Lichte wende in des neuen Tags Beginnen, den Ich Mir erkor.

Ich sende, wende, säe, ernte einem Drang zufolge, was Mir gut scheint in den Sphären Meiner Huld und weiss Mich wohlgemessen und galant ans Ganze zu vergeben. Spürst du Meinen Willen, fällt dir Meine Achtung zu und überströmt dich mit Gedeihen an der Welt der Widersprüchlichkeiten, Siegesfeste und bekömmlichen Affären, die Mir allesamt zutiefst zu Herzen gehn.

6.8
So Ist es denn, dass du Mich weder nach dem Stande, dem Geschlechte oder nach der Sinnenhaftigkeit bemissest, sondern rein von Geist zu Geiste Mich in dir und dich in Mir erkennst als ein alleinig Wesen. Wie bedeutsam und bezaubernd ist es doch, sich selbst im andern zu begegnen, um ihm leichter Hand und liebevollen Herzens alle Zärtlichkeit des Himmels anzutun.

Makellos und innig ist das Seinsverstehn, und eine Wonne muss es zeugen, die weit über allen Erdenfreuden steht und Freisein, schwebende Glückseligkeit und Lauterkeit verweht.

0 wie schön ist es zu wissen, dass du mit Mir durch die höchsten Geistesabenteuer gehst und wieder auf die Würde dich besinnst, die dir in Meinem Innewohnen zusteht und dich fähig macht, das Weltliche um dich zu lieben. Denn alles ist ja Mein und dein zugleich, und jede Träne musst du trocknen, weil sie dich und Mich betrifft im selben Zuge. Ja, alles andre ist ein Wahn, und das Getrennte wird sich wieder finden allsobald wie es sich selbst in Mir erkennt und Meinen Gründen.

Sei in dir dein eigen Lob und sei es als das Meine, das die Fülle anerkennt und das Bescheiden, die Seelenwärme Meines Glutens und die Weisheit dessen, was Ich in die Welten sä'. Sei Mich ganz, und zeige Mir die Grösse, die dich so bewegt und dir Glückseligkeit verleiht im Mass der Tugend, die du dir errungen.

Mit siebenzarten Schwingen will Ich dich Umfangen und dich führen in Mein Wiedersehn.

6.9

Bewege du das Zu-Bewegende mit Anstand und Beflissenheit zum Guten, und du wirst in dir die Kräfte spüren, die dir dazu unentwegt zu Hilfe kommen in der Lebensstrategie. Es ist ein Mich-Vermuten und ein wunderbares Sputen, Meiner Ausgewogenheit und Meinem Glanz des Ausserordentlichen zu. Von Meinem Willen eingefärbt, bewältigst du die höchsten Hindernisse und Gefahren, die da oft aus Mickrigkeiten und Gewöhnlichkeiten noch bestehn.

Aufbau heisst, ein Steinchen übers andre setzen und im Kleinsten gross zu sein, Mein Soll und Wollen zu erfüllen an der Strippe jeden Tags und jeder Tugend, die du sollst erstehn. Phantasievoll und gediegen sei, was immer du in Szene setzest, Meiner Meisterwürdigkeit entgegen. Denn Ich Bin das Mass für Würdiges und die Gelegenheit Vollendetes zu üben. Übernimm dich nicht, und trage deiner Schritte Soll dezent und wohlgemessen Meinem Zauberberg entgegen. Nichts ist dir verwehrt, wenn du dich auf das Losungswort besinnst, das Ich beständig zu dir raune, Wesensgleichnis zu erzielen. Komm. Es mutet dich noch vieles sonderbar und unnatürlich an, was Ich dir so besage. Doch erwächst dir aus der Tatenfreudigkeit das innige Begreifen Meiner Züge und Gewissenhaftigkeiten, die vor allem lauter sind und rein, limpied und seinsreal in einem. Ducke dich, wenn Ich dich überkomme, aber steh dann auf die Hinterfüsse, und erweise dich als ein Getaufter Meiner Liebenswürdigkeit und Meines Sehnens nach Erfüllung Meiner Ordnung nach dem Seinsbefehl.

Was lieg Ich allen nicht in beiden Ohren, dass sie Meinen Aufruf recht verstehn und jedes Werk in Meinem Sinn beginnen, dass es wirklich sei und gross. Ich stähle, was du Bist und setze deiner Zehen Feingefühl von Tritt zu Tritt zu Meinen Gunsten in die Scharten deines vorwärtsdrängenden Elans. So hilft dir Gott, wo alle andern nicht mehr helfen mögen; so vertreib Ich dir die Flausen, wo so viele dir nur Luft und Schaum versprühn.

Ich strebe in dir der vollendeten Gelehrsamkeit entgegen und entwerfe Wurf um Wurf in überbordender Geschicklichkeit und träfem Michans-Weltenwohl-Vergeben. Gib dich mit, und du gewinnst die Strecke und den funkelnden Pokal aus Meiner Gunst und Meinem heitern Assistieren.

6.10

So süss, so traulich, so beschaulich kannst du sein, wenn dich die Laune ankommt, über dich zu siegen. Deine Misswirtschaft verblasst, und dein gebieterisch geführtes Unternehmen heuert sich die besten Kräfte an, den Willen zum Erfolg auch auszuführen. Kein Stimmungswandel tritt mehr ein, solang die straff geführte Ordnung ihren Lauf nimmt und die absolute Klarheit herrscht im weisen Disponieren. Darin äussert sich, was Ich Mir Bin in deinen Aktionen. In uraltalter, ewig junger Weise treffe Ich den Kern der Sache und bestimme, was ihr seinsgerecht zugrunde liegt. Da kann Ich gar nichts mehr verfehlen, seis in träumerischer Duldsamkeit, in krassem Unverstand, noch in der Folge wunderlicher Kapriolen. Mut zu Mut und Tat zu Siegestat darf Ich in Meinen besten Tagen aneinanderreihen. Wundervoll läuft alles wie am Schnürchen, und rezent gewürzt ist, was Ich Mir bedachtsam vor die Sinnenfreude lege.

Anstand in Erhabenheit am grossen Werk des auferwachenden Bewusstseins ist Mir hier gegeben, eine Seinsparole von Bedeutung und Bestand, die weder sucht, versucht, noch lästert im Bescheid der strahlenden Wahrhaftigkeit, die in sich alles Nichtige lässt erbeben.

Unbedingtheit, würdevolle Absicht und Bestätigung des Hohen, das Ich Bin, sind im Begriff, ein Wunderwerk zu zeitigen von seinsharmonischem Gefüge und gekonnt gesetztem Charme der Eigenwilligkeit, die ist mit nichts und niemands Vorrecht zu vergleichen. Mich kommt darob ein eigenartig Staunen an, versetzt mit Ehrfurcht vor Mir selbst und vor der funkelnden Prägnanz, mit der Ich Meinen Kräftestrom verwalte. Eleganz, Geschmeidigkeit und lächelndes Gewährenlassen sind Gefährten Meines Tuns und giessen Wasser des Erfolgs auf Meine Mühlen.

Ich gleiche Mir aufs Haar in jeder seinserkennenden Gebärde eines Meiner Bürgen und bezahle jede Grosstat vehement mit Wonne des Gemüts und weitausladendem Gesumse reiner Freude in den

Sphären des Erlebens Meiner Gunst und Kunst des Unterhaltens. Auf Mein Wort gewähr Ich Mir dies alles und beschliesse Meinen hurtig strömenden Sermon mit einem wohlgesetzten Amen.

6.11

Heiterkeit und leichten Atems Duft sind dort am Platz, wo Ich in Wesenskraft und Seinswahrhaftigkeit erscheine. Ich brauche nicht zu tun als ob, weil Ich Es Bin und locker und bewusst auch bleibe. Tradition ist hier vonnöten, Festigkeit im Wollen und geziemendes Beachten Meiner unbegrenzten Möglichkeiten in der Kunst, Mir selber wohl zu tun. Immerdar ein Fest des Friedens will Ich Mir erweisen, Scharten wetzen und den Wohllaut aller Weisheit dazu nutzen, Meinen Bannkreis zu verteidigen und seine Sagenhaftigkeit zu mehren, als ein edelmütig Ziel.

Ich kränkle nie. Mein Wesen ist Gesundheit in Persona und ein seinsgebietender Aspekt für alle, die ihm innewohnen. Heilend und ermunternd zieh Ich Meine Bahn durch die Äonen und bewahre Mich davor, dem Irrtum zu verfallen, dass Ich jemals nicht mehr sei im Zuge Meines seins-verwandelnden Gebietens.

Ich ahme nach, was Ich Mir selber schon errungen und steigere Mich unentwegt in allen Sparten Meines Mich-beständig-Überholens: Das ist Meiner Leistung sinngeladnes Ziel. Durchmausern und gewinnen heisst's im Tagbefehl; Omnipräsenz verwirklichen und jede Stelle Meines Seiens mit Erfolg erfüllen, ist die Losung Meiner Schwingen, die darüber wallen hin. Ich traue Mir allein im Höchsten wie im Minikrimsten Meiner Züge und ermittle stets das Optimum an Schwung und Effizienz im strahlenden Verrichten Meiner Werke über allen

Nichtigkeiten. So kann Mich jeder daran kennen und benennen, wie ein Werk getan und welches Ebenmass von seinem Dasein ins Bewundern fliesst der Menge, die es still und frohgemut umsteht. Immer ist ein Sinnbild dort gefordert, wo es an Verständnis noch des Originen mangelt und die Tiefe nicht erreicht ist des vollendeten Verstehns. Hoffend leg Ich Mich an deine grüne Seite, dass sie sprossen möge, Meinen Wirklichkeiten zu und Meiner Art zu sein im Wesenhaft, und Wunderbaren Meiner lichterfüllten Sphären.

6.12

Ein Hauch von Minne soll es sein, den Ich dir hier vermittle aus globalem Sinn fürs Zarte und Verspielte, den Ich leichthin in Mir trage. Wissend wie und wo entbinde Ich dich aller Sorglichkeit um irgendwelche Dinge und versetze dich in einen Taumel von Glückseligkeit am Dasein, so wie es dich eben anfällt als Verliebtheit in ein ebenbürtig Menschenwesen, als Gewinner nach enormem Ringen oder als Geniesser des Natürlichen, das immer noch die Basis bildet für des Lebens überwältigend gefächert Spiel. Ich Bin und Bin in jeder Regung des Gewissens und Gemüts Mich selbst und Bin das Andere desgleichen, weisst du zu erkennen, und so kommt es dir unendlich heimisch vor als dich von dir, als Sein vom Sein und als der Gegenstand urinnigsten Verliebens.

Dir selber tust du wohl in jeder Geste des Vereinens zweier Gegensätzlichkeiten; dich beglückst du, wenn Glückseligmachendes aus deinen Händen fliesst; dein eigen Labsal wird es immerdar bedeuten, wenn du lobend, achtungsvoll und freudestrahlend dem Allmenschlichen begegnest, um ihm gut zu sein in seinen Wunden und Verwunderungen. Im Lichte Meines Segnens wird ein jedes Leid verschönt und jeder Trauer wird der schlimmste Stoss genommen, um der Sehnsucht Raum zu geben nach Veränderung, Verbesserung, Befriedung und Begünstigung der Situation. So breitet sich allmählich Sinn und Seinsgewissheit aus in der gestillten Seele; so darf sie sich am Eigensein erwärmen noch in jeder Kreatur, die ihr ans Herz gewachsen, und so stimmt, was Ich ihr sage, dass sie Mein ist und Mein Alles in der Einheit Meiner Allnatur. Saaten blühen in Mir auf und sinken still vornüber; Sinn-gefüge stifte Ich und lasse sie im Siegeslauf der Zeit versanden. Doch Ich weiss, dass alles Ist und Meinen Stempel trägt und Meiner Innigkeit Bravour. Bedenke, was das heisst, und heisse Mich in dir willkommen als der grosse Liebende, der allem seinen Adel einhaucht und die Silbe seines Mitgefühls, der gräbt und gräbt, bis er den Widerhall gefunden, um im Allumfangen eins zu sein mit sich und seiner seligmachenden Manier.

6.13

Getrost und sicher walle Ich durch jedes noch so dürre Zeitgerippe, es mit Sinn und Süsse füllend um Mich her. Das Gejage ist nicht, was Mir liegt. Von ruh- zu ruhevollem Tun erreiche Ich, was Ich Mir vorgenommen und lass reifen mit Bedacht und Umsicht Meiner Früchte Segen. Hebe du mit Mir den Becher der Vernunft begeistert himmelan, und opfere dem Gott dein Unterfangen. Sieh dich von Ihm gemässigt oder angefeuert, weis gezüchtigt oder frei nach Fürstenart belohnt in deiner Akribie des Werkens, Plänefassens und Verwerfens chancenloser Phantasie.

Nimm auf die Sage vom Verständnis, das Ich für dein Fehlen habe, weil es Meins ist beim Besehn der Tauglichkeit der Aktionen. Erst Erfahrung reift die

Dinge zur Vollkommenheit heran und setzt Akzente von galantem Charme und meisterlicher Grazie in den Kosmos der Gestalten. Überwinde dich, das Rechte jetzt zu tun, nach Meiner Weisung, wie der Inbrunst deines Herzens! Stell dich in die Seinssandalen, und marschiere los, dem Horizont der Unvergänglichkeit entgegen! Nichts ist so weise, wie Mein Wort im tiefsten zu verstehn und nach ihm Handel und Beruf zu treiben. Flink und gertenschlank sind die, die Meinem Zuge folgen und die jeglichen Ballast beiseite lassen auf dem Weg ins ewige Geflüster der Holdseligkeit in Meinem Raum der Andacht und des Seinsgenügens. Wonne über Wonne steht dir da zu Diensten; funkelnde Natürlichkeit und Übereinkunft mit dem Sehnen werden wahr und sind das Merkmal Meines hocherhabenen Verfügens.

Fass Ich nun Mein Eignes an, so weiss Ich, Mirs zu schenken als ein wohlgelungnes Kleinod der erwiesnen Lauterkeit der Künste Meines Schaffens. Denn Ich winde und erfinde Meine Dinge nach der Regel der gestaltenden Moral, die mehr ist, als ein blosses Aneinanderfügen. Ihre Werte stammen allesamt aus Meiner Einsicht ins verwaltete Getriebe und verbinden unverbrüchlich, was noch lose war, zur Einheit Meines Allerscheinens.

Nimmermüd im Werken und schon immer weis zurückgelehnt Bin Ich der Allbegünstiger in virulenten Sphären. Horcher an den eignen Wänden und Verkünder einer Seinsgeschichte von Erfolg und Folgerichtigkeit, Bin Ich Mir selbst Mein treuester und teuerster Kumpan.

6.14

Eine Reise unternehmen, ist der Abervielen Traum und ihres Lebens letzte Süsse, wenn sies schaffen, deren Tücken edelmütig zu bestehn.

Vom Hier zum Dort kanns kurz sein oder weit, je nach dem Mittel, das du greifst, dahin zu kommen. Und kommst du gar zu Mir, so braucht es nur den Schwick des Augenblicks dafür, und du geniessest einen fabelhaften Blick in eine Wirklichkeit von eherner Struktur und leis zerfliessendem Behagen. Was auf dich zukommt, ist das Spiegelbild der Wonne, die du immer schon ersehntest als die Möglichkeit, gestillt zu sein und lebenslustig und erhaben. Du schaffst es, als Gesegneter im Sein zu stehn, gefasst in lichterfüllte Sphären. Jeder Not enthoben, packst du in der Sicherheit des Herzens das zu Leistende getreulich an und streust dem Leben Rosen vor die Füsse. Vollendet ist der Einklang mit den Sphären der Holdseligkeit, die dich zu allem Schönen, Weisen und Besänftigenden führen und gerade, was du tust als Werk des Ewigen beglaubigen in Lauterkeit und Frieden.

Kling, allwie dein Klang ist rein und weich und süss geworden in der Zärtlichkeit des Webens deiner Seele. Deine Schritte sind ein Tänzeln um den Samowar, der Gottesgüte spendet, und dein Atem duftet aller Welt Glückseligkeit und Fabelhaftigkeit entgegen. Was immer du erwirkst, ist Wirkung Meiner Tugendstärke und Veräusserung des Willens, Grossmut und Gerechtigkeit zu üben. Manifest der Hoffnung soll ein jede deiner Gesten sein, von Mir bestimmt, getrimmt und in die Stimmung der Gelassenheit gebracht aus tiefgefassten Gründen.

Was erträgst du besser, als dies Wunderwerk an wahr gewordnen Träumen; was erfüllt dich eher mit Begeisterung, als was Ich dir von Mir und Meiner Welt besage? Kein Los, ein Losgelöstes ist Mir Meines Lebens Stil und eine Stätte der Verwunderung, wo Harmonie und Seidenglanz der Wohlfahrt ihre Kreise ziehn. Was wählst du, liebe Seele, Mich als Moderator deiner Angelegenheiten, oder eine Farce deiner selbst, die auslöscht, was Ich

meine.
Ungebremst sollst du in Meine Arme eilen und den
Wohllaut reiner Zuversichtlichkeit als Innenruf
vernehmen. Horch, er kommt gewaltlos, fein von
Mir und lässt der Seele Sein in Liebestraulichkeit
erbeben.

6.15

Künftig soll vermieden sein, was dich dem Sein
enthält in allen Graden des Verstricktseins, die dich
an der Strippe halten. Du sollst lernen, jeder
Motivation des Lebens Meine Züge abzulauschen,
als Motor im seinsmotorischen System, als Ausfluss
einer allgemeinen Gnade des Gestaltens, die von
weit oben in die Herrensöhnchen fliesst und als
Balkon, von dem das allerwerteste Beschaun ist zu
geniessen.
Erkennen sollst du, dass Ich dich in alle Wendig-
keiten deines Daseins tauche, dass allein Mein
Seinsverstand genügt, so viele minikrime Dinge zu
erfüllen, die nötig sind für dein Bestehn und deine
Herrschaft über vieles, was du meinst und dir
erdichtest, ohne Meine zu befolgen.
Lieb und zart will Ich dich an Mich binden, wie ein
Rosenbäumchen an den hilfereichen Pfahl, und wie
Ich Bienchen binde mit dem Duft des Nektars an der
Blumenkelche bunte Zahl. Es wird schon vieles wahr
und warm in deinen Tagen, ohne dass dus weisst,
von Mir. Es bietet sich dir die Natur in ihrer
Unschuld und Bezaub'rung an, als Sinnbild Meines
Webens. Spürst du, wie am helfen Sonnentag die
Harmonie und Heiterkeit der Welt ihr Lied in deine
Seelengründe tönt, und welcher Liebreiz sich
entfaltet, wenn ein zierlich Entenpaar mit seinen
Kinderchen geruhsam übers Wasser schaukelt?
Sonnenglitzerndes Gestilltsein heiligt, was du

schaust und was Ich Bin in wunderbarem Selbstgenügen. Weide dich an dir und Mir im selben Zuge, überall wo Frieden herrscht und Wohlgelingen; weile in beseligendem Einklang mit den Dingen deines Welterlebens.

Was Ich stifte, ist von Mir als Ansporn zur Vermehrung ins Unendliche gegeben; was Ich liebvoll an dir tu', entzünde dir den Willen zum erweiterten Gestalten und Erhalten aller farbenfrohen Schönheit, die in deine Schicklichkeit gegeben.

Mein Beginnen klinge in dir aus in ein symphonisches Gezwitscher, in ein Lächeln sel'ger Inbrunst am Geschehn und in die Stille liebetraulichen Geniessens. 0 holde Kunst des Seinserfahrens in gewissenhaftem Lauschen, wie der Gabe des Versenktseins in den Augenblick, der alles gibt und nimmt, der alles wiegt und fördert in beglückender Manier. Erlebe und bewahre, webe und lass ziehn, was du gewonnen, neuem Sinn und neuen Seligkeiten zu!

6.16

Gehaltund Fülle sind Geschwister, die sich voller Feingefühl ergänzen und bedeutsam in der Vielfalt des Lebendigen stehn. Wie Ich Mich offenbare, kommt beständig das Vollendete zur Geltung, das Ich Bin und das sich hauchzart über die Gefilde legt, Meines Gestaltens. Das Natürliche ist immer schön in seinem grünen, leise leisen Wachsen und Zur-Farbenfröhlichkeit-Erblühn. Sahst du je ein sich beschnäbelnd Taubenpaar? Es ist die Süsse, Zierlichkeit und Zärtlichkeit an sich, die es gebiert für einen mündigen Blick, für nichts und wieder nichts in seinem Sich-Verträumen.

Meiner Sonne red Ich ins Gewissen, früh und früher über'n Horizont zu steigen, Wärme, Licht und Lieblichkeit verbreitend, sommerzeitgemäss. Meine

Weise findet überall, wer sich zu einer Quelle niederbeugt, im Feld den rosenroten Mohn betrachtet, innehaltend im Spazierengehn. Was Ich von dir erwarte, ist die heilige Ehrfurcht selbst vor einem Steinchen, das du trittst, denn anderes als Mich, kannst du im Leben nie betreten. Unmerklich schmiege Ich Mich als ein Alles-Sein in dein Gewissen und verändre deine Ansicht von der Welt und ihrem täglichen Geschehn. Gewinnend und gerinnend reiht sich Gab um Gabe Meiner himmlischen Natur vor dein Befinden und befriedet, was du willst zum Gegenstand der Lust erwählen. Wie in Träumen fassest du Mich ständig an und biegst und drehst und stichst und schaufelst unentwegt an Mir herum, dein Ideal vor aller Augen hinzuzählen. Dann Ists und schon beginnt es sachte, sachte wieder zu vergehn. Wie für die Ewigkeit geschaffen, muss es doch dem irdischen Gesetz gehorchen des Verwelkens und Verduftens und Verschwindens, um dem Neuen Raum zu geben, das sich ins Gefüge drängt der allgemeinen Saaten. Nur Ich Bin und Bin Mir sicher des Unendlichen in Meines Wesens Zug und Meines Seins Gefälligkeit im ewigen In-Mir-Weilen. Geschlossen, offen, öffentlich und höchst geheim liegt alles vor und in Mir, was besteht, und kann Mich nimmer doch touchieren. Unvermittelbarer Friede herrscht, wo Ich Mich finde, und Erhabenheit des Willens, unverbrüchlich zu Mir selbst zu stehn. Kein Steigen, Fallen, Nehmen, Lassen ist Mir eigen: nur das Wohlgefallen an der strömenden Glückseligkeit, die Mich durchzieht, und aller heitern Siege Sieg bedeutet in der Heimkunft zu Mir selbst und Meinem Mich-aufs äusserste-Bescheiden.

6.17

Virtuos sein, ist nicht jedermans und dann schon gar nicht Meine Sache, wenn Ich Mir das Lebenswerk der Zünftigen beseh. Sie scheinen aller Weisheit letzter Schluss zu sein in ihrem Habitus des grenzenlosen Eifers, den sie sich zurechtgelegt. Auf Biegen, Brechen, Kratzen, Schwatzen und Gehörnt-Sein preschen sie durch jeden Dschungel, der sich ihnen als Gelegenheit zum Tatbeweis und zur geflissentlichen Offenbarung ihres Könnens bietet. 0 wie ist das niedlich und berückend anzusehn für Mich im Weiselosen.

Bescheiden lächelt einem Wanderer der gelbe Schaum des Ginsters zu, in dem Ich Mich verborgen halte; ein Tauben-gurren macht die Morgenstille doppelt schön im Park der Zedern, Feigenbäume, Brunnen, Rosen und des frisch geschnittnen Rasens, der Ich Bin mit allen Elementen Meiner Kunst zu sein und ohne, dass die Seienden's bemerken.

Das Bewegte dämpft die Ruh, in der Ich wese; Wasserplätschern leistet Meinem Stillesein den Widerstand der Munterkeit, von der Ich Mich im Grandiosen Meiner Sphären, wesensfrei, erhole. Nur der Aufgang reinen, hellen Lichts gleicht Meinem Mich-in-Seligkeit-Verstrahlen, dessen Ich allein Mich rühme als der Tat der absoluten Friedefertigkeit und eines seelenvollen Allbeschenkens aus der Fülle Meines Seins in ewiger Lauterkeit und Liebe.

Nektar Bin Ich Meinen Bürgen, ihres Auferstehns Gebärde aus Versunkenheit und nihilistischen Gepflogenheiten. Geissfussduft verström Ich ihrem Näschen, wenn sie Meiner zarten Äusserungen Schale und Gehalt geworden sind voll Feingefühl und innigem Behagen.

Wahr ist, was sie sind, und wahr ist, was Ich meine, dass die Werte der Allherrlichkeit im Innerweltlichen liegen. Seinsvertrauen nenn Ich das Erkennen

Meiner Züge in den Dingen der Alltäglichkeit - und Heiterkeit des Schauens, was den wahren Weisen ziert in seiner Unschuld am Geschehn. Lass nun walten, was du weisst im Umgang mit dem Leben und gewahre, dass Ich Bin in jeder unterweisenden Gebärde Meines Allseins, auch in dir.

6.18

Ins Sein versponnen nehm Ich Mir ein Kindchen und den Vater vor, der es erträgt und trägt in liebevollen Armen. Welch ein Sinngedicht für Meine Art, den Weltenlauf zu tragen, der da feinen Schlummers in Mir liegt und noch gar wenig von sich weiss in seinem träumenden Bewusstsein. Wieviel Liebekraft ist da vonnöten, bis die Einzelnen und Vielen auf die Spur der Sehnsucht nach dem Sein erzogen und gezogen sind, wo sie sich als Mein Selbst erkennen und geneigt sind, Bruderschaft und Schwesternschaft zu üben über alle Länder hin.

Mich sein in der Wachheit reinen Schauens, bringt das Dasein auf den Punkt der strömenden Wahrhaftigkeit im Leben. Liebendes Umfangen aller Eigenheiten Meines unisonen Seinsgewissens läuten, was Ich in Mir seh, und hilft ihm, gut zu sein aus Einsicht und dem freudigen Gewahren einer unerhörten Mission.

Ein wunderbarer Aufstieg ist vonnöten von dem Reich der Schatten in die lichterfüllten Sphären Meiner Glorie des Absoluten, wo Gedankenstille herrscht und nichts als Sein und Wonne ins Unendliche sich verbreiten. Labsal eigner Art ist hier gegeben und ein Spielraum ewigen Gelingens und Besingens Meiner Kräfte und Geruhsamkeiten. Alles, alles mach Ich wahr im Hauch der Leichte und des heiteren Beschauens Meiner Seinsvollendetheiten.

Sieh die Fülle, und lass jede andre los, gebietet sich das Seinsgewissen; webe Endlichem Unendliches ein, und lass es an sich selber sich verspielen. Wesenhaft in allem, Bin Ich lustig Mein Kumpan der allerfeinsten Kapriolen, die von Einfall zu Gefallen sich verbreiten und Behagen zeugen um sich her. Gut sein lass, was Ich so deute nach dem Seinsge-wicht gewogen leicht und luftig wie die Wölkchen im Azur. Geht es an, so muss auch wieder ausgehn, was so lieb geklungen, und Gesetzen folgen Meiner Güte des bestimmenden Elans. Los, befreie dich von deinem Los und lichte deine Wälder für den linden Abendsonnenstrahl.

6.19

Wer darbt, hat Grund, auf Mich zu schauen, der Ich ohne Ende Bin und Mich als Licht und Fülle, Wonne und Erhabenheit erkenne, auch in dir. Da lächelts Meinem Sein im ewigen Morgen einen Rosenschimmerhauch entgegen, Stille des Beschauens überall und strömende Holdseligkeit in Harmonie mit Melodien namenloser Süsse. Was Ich Mir hier erschweige, ist der Urgrund aller Wesenhaftigkeit, der Tau der Güte, der Äonenmacht durchrieselt, und der Anfang ohne Ende, der sich in den Augenblick ergiesst.

Nicht von hier und doch dem Hiersein unfehlbar verbunden, Bin Ich, was die Hoffnung sich ersehnt und was die Liebe sich errungen: Wasser der Geduld und Wind der Weisheit, die sich sanft und wohlbedacht in jede noch so leise Buchtung schmiegen.

Lind vor Wonne lindre Ich das letzte Unbehagen, das Mir innewohnt, und lasse Seligkeit um Seligkeit des Seins in Mein Bewusstsein sich verströmen.

Wie die muntre Quelle fliesst die Zeitenlosigkeit dahin und mengt sich in den Wohllaut Meines

Mich-Empfindens. Dem Natürlichen verschwistert, heb Ich doch Mein Seien himmelan und tauche mit dem Allsinn in das Luminose, Heitre, Unermessne Meiner höchsten Sphären. Licht vom Lichte darf Ich sein und Sanftmut des Gedeihens an Mir selbst, vom süssen Sang der Daseinslust durchzogen. Weihe des Erlebens an die Gnade, die es schuf; Wohlfahrt ohne Ende auf den Wassern der Unendlichkeit im leise leisen Herzbewegen.

Eine Minne sondergleichen ist der Reigen um das Liebelichte, Zärtliche im Azur der Gedanken; ein Erschauen der Gefilde der Barmherzigkeit, die sich voll Anmut und Bescheidenheit im Überall verbreiten. Trost der Götter nennt sich, was so mild und zaghaft wie von Harfensaiten ins Gemüte strömt; Trautheit des Vereinens mit dem Höchsten, was der Seele widerfährt, die sich vollends der Seligkeit des Daseins hingegeben.

Achte du auf was dich hinführt zum Gedeihen an der Rebe reinen Glücks im Andersartigen, und sei, von Mir durchdrungen, eine Traube wunderbarer Süsse an der Gottnatur.

6.20

Wir leben, um schlussends das Seien zu erleben nach gehörigem Befördern unsrer Kräfte und Gegeben-heiten, der Vollendung zu. Leidlos zu werden im Bewusstsein dessen, was wir sind, ist unser Ziel und der markante Ruck, den wir vollziehn, den Ich vollziehe zum Erwachen in Mir selbst zu einem vollbewussten Wesen. Dann hat, was sich vordem galant und selbstbewusst gebärdete, dem Höher'n zu gehorchen, das Ich Bin und das gebieterisch sein Recht verlangt in allen Regionen des Natürlichen, dem wir anheimgegeben sind.

Ich walle, weiss und wende die Geschicke, Mein Ge-schick, nach eignem Ratschlag Niedergängen und

Begeisterungen zu. Ich färbe das Gefühl und spanne Meinen Willen vor die Tat in seinsgerechter Weise und vollziehe allen Wirkens virtuosen Flügelschlag nach eigenem Befehl. Nichts kommt Mir nah, was Ich nicht einem Guten zu verwandle; jede Neigung spornt Mein Mich-Besinnen auf das Tugendhafte an. Mich fiebert danach, Meiner Kräfte Bund zur Formung neuer Wirklichkeiten auszutragen; Mein Konzept ist Ausbund reiner Harmonie und steten Wohlgefallens an Mir selbst, das Ich in Zeichen und in Zeiten myriadenfach vermehre.

Du bist Ich, wenn du dasselbe unternimmst in einer unerschütterlichen Weihe deiner Seinspotenz an Mein Vollbringen und Gelingen sonder Wahl. Es wirkt und webt und denkt in dir aus himmelweitem Anstand als ein Seinsvollendetes und unerhört Gediegenes von eigner Kompetenz und wohlerwogenem Verfügen. Was glaubst du, dass Ich Bin, wenn nicht der Zähler und der Nenner zugleich am gewaltigen Weltenrahmen? Welcher Donnerer kann mehr er-schlittern und verschütten, wenn er neue Werte schaffen will und neues Blut in jungen, dehnbegierigen Adern? Tief versinke Ich in Mitleid mit Mir selbst und scharfem Schmerz an Mir, wo Ich die Bande löse am Erstarrenden, um umzuschaffen, was der Weiter-, Wiederkunft bedarf in neuerblühten Zügen. Grandiosen Trimmens, Wimmens und Erklim-mens setze Ich auf eine, Meine Karte, was Ich will, und werfe Sieg um Sieg der deutenden Voraussicht ins Beleben.

Tritt, o tritt so an, wie Ich es wünsche, und verherrliche, was Ist, als Meine Sache wie die deine in der grandiosen Einheit allen Seins und allem Fürstlich-Sich-ins-Wirkliche Verweben.

6.21

So Ist denn wahr, was Ich Mir Bin in lauterem Mich-
selbst-Erleben als das Ewig-Weise, unerschöpflich
Kräftige und zärtlich Sich-Verströmende ins
allgemeine Rauschen der Gegebenheiten und
Verbindlichkeiten. Wunderwerke schaffen war und
ist Mein Ziel; Kleinmut stärken, Übermütiges
stutzen Meine Art des Ausgleichs einer wohl-
bekömmlichen Mitte zu, die allem Würde gibt und
Wohllaut des Gelingens.

Massvoll und gediegen ist, was ins Natürliche sich
erhebt, und grenzenlos Mein Mich-Beschränken auf
das Wesenhafte, das im Einzelnen das Ganze ziert,
das Ich Mir Bin in Myriaden Veriationen.

So seis und so sei du Mein Sinngedicht und Meine
Strophe voll Gehalt und Tugend des Erfassens
Meiner Wirklichkeiten. Menge du den Tropfen
Schönheit ins Gefüge Meiner fabelstrotzenden
Textur, der ihr den letzhten, überwältigenden Glanz
verleiht in strahlender Bravour.

Welch Getriebe und Gewimmel she Ich da auf
Meinen Strassen der Verherrlichung des Lebens;
welche Kunst des Disponierens und Regierens, des
Gestaltens und Verwaltens und des Unabhängig-
Werdens vom Gesetz der Schwere und Beharrung
auf dem festen Thron! Das Mobile weitet alle
Horizonte, und bereitet Mir Begeisterung am Werk,
das Ich in alle Weiten streue Meiner Gegenwart im
irdischen wie überirdischen Getriebe.

Treueschwur zum Schaffen, wie beseelte Kongruenz
mit allerhobnem Ruhn, sind Meine besten Werte in
der Skala Meines Aus-Mir-Brechens wie der
wütende Taifun, wie jede Raserei im Sinnlichen und
jedes wieder in sich selbst gekehrte Meine-
Seinsgediegenheit-Verwehn.

Fahr her, fahr hin, Mein Wanderstab, und finde
deiner Suche Abergrund in *Meinen* Gründen. Finde,
was *Ich Bin* und was Ich unbekümmert unterweise

als Mein Eigentum und Mein Bewahren: Eine Schau
von ewiger Dankbarkeit am Sein und seinen
wunderbaren Zügen; eine Heiterkeit des Weiselosen
ohnegleichen und ein Wehn von Wonne ohne Ende
im Luziden, Liebelächelnden und Reinen, das Ich
Mir geworden Bin wie eh und je und je und eh,
daher, dahin in immerwährendem Brillieren.